하얀 강 밤배

하얀 강 밤배

요시모토 바나나

김난주 옮김

민음사

차 례

하얀 강 밤배

언제부터 혼자 있을 때면 이렇게 잠을 자게 되었을까.

밀물이 차오르듯 잠이 찾아온다. 도저히 참을 수가 없다. 그 잠은 한없이 깊어서, 전화벨 소리도, 밖을 달리는 차 소리도 내 귀에는 들리지 않는다. 괴롭지도 슬프지도 않고, 그저 묵직한 잠의 세계가 있을 뿐이다.

눈을 뜨는 순간에만 조금 슬프다. 얇게 구름 긴 하늘을 올려다보고는, 잠든 지 꽤 오래되었다는 것을 안다. 잘 생각은 없었는데, 하루를 그냥 날려버렸네…… 하고 멍하니 생각한다. 굴욕적인 후회 속에서 나는 그만 가슴이 서늘해진다.

언제부터 잠에 몸을 맡기게 되었을까. 언제부터 저항을 포기했을까……. 늘 발랄하게 깨어 있었던 때는 언제였을까. 그때가 너무 멀어서 태곳적 같기만 하다. 그리고 기억은 마치 거칠고 생동감 넘치는 시다*와 공룡이 먼 옛일처럼 희미하게 비치는 화면처럼 부옇다.

잠을 자고 있어도, 애인의 전화벨 소리는 알아듣는다.
그가 건 전화는 벨 소리가 전혀 다르다. 왜인지는 모르지만, 나는 그 차이를 안다. 다른 온갖 소리는 밖에서 들려오는데, 그가 건 전화벨 소리는 마치 헤드폰을 끼고 있는 것처럼 머리 안쪽에서 기분 좋게 울린다. 일어나 수화기를 들면, 섬뜩하리만치 낮은 목소리로 그가 내 이름을 부른다.
"테라코?"
내가 응, 이라고 허망한 목소리로 대답하면 그는 피식 웃으며 늘
"또 자고 있었죠?"
라고 말한다. 평소에는 반말로 얘기하는 그가 불쑥 그렇게 말할 때면, 그 말투가 너무 좋아서 세계가 살며시 낮이는 것 같다. 셔터가 내려오는 것처럼 앞이 멀어진다. 그 울림의 여운을 영원처럼 음미한다. 들을 때마다 늘.

---

* 일본의 야생 식물의 일종.

“응, 자고 있었어.”

간신히 의식이 돌아온 나는 그렇게 말한다. 지난번에는 비 내리는 저녁에 전화가 걸려 왔다. 좍좍 쏟아지는 빗소리와 무거운 하늘색이 온 거리를 뒤덮고 있는 그때 문득, 오직 그 전화만이 나와 바깥세상을 연결하는 아주 중요한 선으로 여겨졌다.

그의 목소리가 만날 장소와 시간을 말하기 시작하자 나는 그만 시시해지고 만다. 차라리 내가 좋아하는 ‘또 자고 있었죠?’나 다시 한 번 말해 주지, 앙코르인데. 그렇게 생각하면서 발로 바닥을 탁탁 울리는 흉내를 내고 메모를 한다. 알았어, 그 시간에. 응, 거기서 봐.

만약 지금 누가, 우리가 하고 있는 것이 진짜 사랑이라고 보장해 준다면 나는 안도감에 그 사람의 발치에 무릎을 꿇으리라. 그러나 행여 그렇지 않다면, 이 사랑이 지나가고 마는 것이라면, 나는 지금처럼 마냥 잠만 자고 싶으니 그의 전화벨 소리 따위 알아듣지 않았으면 좋겠다. 지금 당장 나를 혼자 내버려 둬주었으면 좋겠다.

그런 불안감에 지친 마음으로 나는 그를 만난 지 일 년 반이 되는 여름을 맞았다.

친구가 죽었어.

이 한마디를 하지 못하고 두 달이 지났다. 말하면 그

가 충분히 귀 기울여 주리란 것을 알고 있으면서도, 왜 말을 못하는지 나도 모르겠다.

어둠 속에서 고민한다. 할까, 지금 말해 버릴까.

나는 걸으면서, 말을 찾는다.

친구가 죽었어. 당신은 만난 적 없지. 제일 친한 친구였어, 시오리라고. 대학 졸업하고서 좀 독특한 일을 했어. 음, 세련된 매춘 같은 일, 서비스업. 하지만 정말 좋은 애였어. 대학 다닐 때는 지금 내가 살고 있는 아파트에서 둘이 같이 살았고. 정말 좋았어, 정말 재미있었고. 무서운 게 하나도 없었어, 둘이서 수다 떠느라 밤을 새우기도 하고, 술에 취해서 흐느적거리기도 하고. 밖에서 안 좋은 일이 있으면 집에 돌아와서 떠들썩하게 농담을 하면서 잊어버리는 거야. 재밌었어. 당신 때문에도 많이 의논했고. 의논이라고 해봤자, 왜 험담하고 놀리고 까르륵대고 그러는 거 있잖아. 서로가 그런 일들뿐이었지만. 그래도, 알지? 남자하고 여자는 절대 친구가 될 수 없잖아. 정말 서로에게 마음이 편해지면, 그건 이미 연애가 아니잖아. 그런 거 말고, 시오리하고는 정말 사이가 좋았어. 시오리랑 있으면, 뭐라고 표현은 잘 못하겠지만, 인생의 무게가 벅찰 때도 그게 절반이 돼. 마음이 편해져, 딱히 뭘 어떻게 해주는 것

도 아닌데. 그렇게 마음은 터놓고 지내면서도 들러붙지
는 않아. 서로에게 적당히 친절하고 적당히 좋고. 여자
친구, 참 좋은 거더라고. 당신이 있고, 시오리가 있고,
그 무렵에는 정말 고민이 많았지만, 다 어린애 장난 같
은 거였어, 지금 생각하면 축제 같았다는 느낌이야. 매
일 울고 웃고. 그래, 시오리는 정말 좋은 친구였어, 사
람 애기를 들을 때는 응, 응 하면서 고개를 끄덕이는
데, 입가에 늘 잔잔한 미소를 띠고 있었어. 그리고 보
조개도. 그런데 그 시오리가 자살했어. 벌써 오래전에
나가서, 호화로운 집에서 혼자 살았는데, 수면제를 잔
뜩 먹고, 그 방의 조그만 싱글 침대 위에서 죽어버렸
어. ……그 친구, 일하는 방에 엄청나게 큰, 그야말로
중세의 귀족들이나 썼음직한 침대가 있었는데, 푹신푹
신하고 커튼까지 달린 그런 침대였는데, 왜 거기서 안
죽었는지 몰라. 아무리 친한 친구라도 그런 것까지 알
수는 없나 봐. 어차피 죽는 거, 그쪽이 천국 가기 쉬울
것 같다고, 시오리라면 그렇게 말했겠지만. 나, 시골에
서 올라온 시오리의 엄마한테서 전화 받고 알았어. 처
음 보는 건데, 시오리하고 얼마나 닮았던지, 나 가슴이
메어서, 시오리가 무슨 일을 했느냐고 묻는데, 결국 대
답하지 못했어.

역시 제대로 얘기하기가 어려울 것 같다. 생각을 전하려 하면 할수록 더욱 내 언어는 산산이 부서져 고개를 푹 숙이고 바람에 날려가 버릴 것만 같다. 그럴 것을 아니까 말하지 않는다. 이런 말투로는 아무것도 전할 수 없다. 분명한 것은, 친구가 죽었어, 란 그 말뿐. 뭐라 표현하면 이 허전함을 전할 수 있을까…….

그런 생각을 하면서 여름이 머지않은 밤하늘 아래를 걷는다. 역 앞에 있는 커다란 육교를 건너면서 그가 말한다.

"내일은 오후에 나가도 돼."

자동차의 행렬이 줄줄이 빛나면서 저 앞에 있는 모퉁이를 돈다. 불현듯 밤이 한없이 길어진 것 같아 나는 기뻐진다. 시오리의 죽음 따위는 금방 잊어버리고 만다.

"그럼, 자고 가도 되겠네."

신이 나서 그의 손을 잡고 말하는 내게, 그는 예의 희미하게 웃음 띤 옆얼굴로 말한다.

"응."

나는 행복해진다. 밤을 좋아한다 좋아 죽을 정도로. 밤 속에서는 모든 것이 이뤄질 듯해서 나는 조금도 자고 싶지 않다.

그와 함께 있을 때면 간혹, '밤의 끝'을 보는 일이

있다. 내게 그것은 지금까지 본 적 없는 광경이다.

한참 섹스를 하고 있을 때가 아니다. 그때 둘 사이에는 틈새 하나 없고, 마음이 어지러운 일도 없다. 그는 섹스를 할 때는 한마디도 하지 않는 사람이라서, 너무 조용한 나머지 나는 종종 장난도 치고 농담도 하면서 그에게 말을 시키지만, 사실은 말이 없어서 더 좋았다. 그를 통해서 거대한 밤과 자고 있는 듯한 기분이 들었다. 말이 없어서 그의 더욱 깊은 곳에 있는 진정한 그를 고스란히 안고 있는 듯한 느낌이었다. 이제 그만 잘까, 하면서 그가 몸을 뗄 때까지 아무 생각 하지 않아도 된다. 눈을 감고 진정한 그를 느끼기만 하면 된다.

그리고 그것은 깊은 밤의 일이다.

그곳이 대형 호텔이든, 역 뒷골목에나 있는 싸구려 여관이든 다르지 않다. 깊은 밤에, 빗소리와 바람 소리가 들리는 것 같아 문득 눈을 뜬다.

그럴 때면 꼭 바깥이 보고 싶어 나는 창문을 연다. 열기 찬 방에 서늘한 바람이 불어 들고, 반짝이는 별이 보인다. 아니면 부슬부슬 비가 내리고 있다.

한참 동안 그런 광경을 바라보다가 언뜻 옆을 보면, 잠자는 줄 알았던 그가 눈을 반짝 뜨고 있다. 어째서인가 말을 잃은 나는 가만히 그 눈을 들여다본다. 옆으로 누워서는 밖이 보이지 않을 텐데, 그의 눈길은 창밖의 소리와 풍경을 보는 듯 밝고 투명하다.

"밖은?"

그가 나직한 목소리로 묻는다.

"비가 와."

"바람이 불어."

"하늘이 개어서 별이 잘 보여."

나는 그렇게 대답한다. 그러고는 외로워서 미칠 듯한 기분이 된다. 왜, 이 사람과 있으면 이렇듯 외로운 것일까. 둘 사이에 있는 복잡한 감정 때문인지도 모르고, 내가 우리 둘의 관계에 좋아한다는 것 외에 아무런 감정도 품고 있지 않기 때문인지도 모르겠다. 어떻게 하고 싶다든지 하는 그런 분명한 감정을.

다만 한 가지, 이 사랑이 외로움 덕분에 유지되고 있다는 것은, 내내 알고 있었다. 빛처럼 고독한 이 어둠 속에서 둘이 말없이, 저릿한 마음을 떨치지 못하는 것.

그것이 밤의 끝이다.

조그만 회사에 취직했는데 일이 너무 바빠 그와 만날 시간을 낼 수 없게 되자 나는 미련 없이 회사를 그만두었다. 아무 일도 하지 않은 지 벌써 반년이다. 낮이면 할 일이 없어 쇼핑을 하고 빨래를 하면서 느긋하게 지냈다.

그리 큰 액수는 아니지만 저금도 웬만큼 있었고, 자기 때문에 일을 그만두었다면서 그가 다달이 소스라칠 만큼 많은 돈을 은행으로 보내주기 때문에 생활은 편했다. 처음에는 '이거야말로 정부의 생활 아냐.' 싶어 주저했지만, 주는 것은 받는 것이 나의 생활신조라서 기꺼이 받기로 했다. 그러니까 어쩌면 시간이 많아서 잠만 자는 것인지도 모르겠다. 일본 전체에 이런 여자가 몇 명이나 있는지는 모르겠지만, 낮에 백화점에서 스치는 대학생도 자영업자도 아닌 것 같은데 멍하고 있는 여자들이 그런 족속일 것 같다. 이런 생각을 하는 나 자신이야말로, 정말 목적 없는 눈빛으로 걷고 있다는 것을 잘 안다.

그렇게 거리를 걷고 있던 어느 화창한 오후, 우연히 친구를 만났다.

"잘 있었어?"

나는 그에게로 달려갔다. 그는 대학 시절 친구로, 아주 똑똑하고 성품도 좋은 청년이었다. 시오리는 아주 잠깐이지만 그와 사귄 적도 있다. 몇 달 동안은 함께 살기까지 했다.

"으응, 잘 있었지."

그는 웃었다.

"일하는 중이야?"

검정 셔츠에 면바지 차림의 그는 맨손에 달랑 봉투 하나만 들고 있었다.

"응. 배달하러 가는 중이야. 넌 여전히 한가해 보인다."

말꼬리를 부드럽게 늘어뜨리는 그 특유의 말투. 파란 하늘 아래서 그는 싱글싱글 웃었다.

"응, 한가해. 하는 일이 없으니까."

나는 말했다.

"우아하네."

"그래. 역에 가는 거지? 저기 저 모퉁이까지 같이 가자."

우리는 걷기 시작했다.

거리의 모양대로 조각난 파란 하늘이 유난히 또렷하게 빛나, 나는 아까부터 다른 나라에 있는 듯한 기분이었다. 때로 한낮의 거리와 빛나는 햇살에 기억과 많은 것들이 혼란스러워진다. 한여름에는 더욱 그렇다. 팔이 빠작빠작 타들어가는 것 같았다.

"와, 눈지 닙나."

"그래, 덥다."

"시오리 말인데, 죽었다면서?"

그가 말했다.

"얼마 전에 알았어."

"그러니? 고향에서 부모님이 올라와서, 한바탕 야단이 났었어."

나는 이상한 투로 대답했다.

"그랬겠지. 좀 묘한 아르바이트를 했다면서?"

"그래. 세상에 참 여러 가지 장사도 있다 싶었지."

"그 일 때문에 죽은 거야?"

"……모르겠어. 하지만, 그렇지는 않을 거야."

"그럴 테지, 그런 거 본인이 아니면 어떻게 알겠어. 그래도 늘 생글생글 웃는 좋은 여자애였는데. 그 녀석에게 죽고 싶을 만큼 고민이 많았다는 게, 나는 이해가 안 가."

"나도 그래."

그러고서 우리 둘은 잠시 아무 말 않고 널찍한 언덕길을 내려갔다. 자동차가 몇 대나 우리를 앞질러 갔고, 햇살은 정면에서 눈부시게 빛났다. 젖은 머리의 시오리, 손톱을 깎는 시오리, 빨래를 하는 뒷모습, 아침 햇살 속에서 자는 얼굴……. 내 옆에서 걷는 이 사람도 같이 살아본 사람만이 알 수 있는 장면을 공유하고 있다. 그것은 무척이나 신비로운 일이었다.

"너는 뭐, 여전히 불륜이야?"

그가 웃으며 불쑥 말했다.

"그런 식으로 말하면 안 되지."

나도 웃으면서 그렇게 말했다.

"그래. 아직 헤어지지 않았으니까."

"야, 연애도 좀 진지하게 해야지."

그늘 하나 없는 밝은 말투여서, 오히려 묵직하게 다가왔다.

"하기야 넌, 옛날부터 어른스러웠으니까. 나이 많은 사람이 좋은가 보다."

"그래."

나는 미소 지었다.

실은 나 자신이 무서울 정도로 진지한데, 만약 이 사랑이 끝나면, 하고 생각하면 손발이 떨릴 정도인데. 하지만 언제 끝나도 무관할 형태로 줄곧 만나왔고, 그럼에도 내 마음은 차분하게 불타오르고 있는데.

"또 보자. 무슨 모임 같은 거 있으면 연락하고."

역 앞이 가까워지자 그는 그렇게 말하고 한 손을 들고는, 어두컴컴한 계단을 내려갔다. 나는 쨍쨍한 햇살 속에서 왠지 모를 아쉬움에 그의 뒷모습을 바라보았다. 내 마음속의 밝은 부분이 그의 등을 따라가 버린 듯 허전한 기분이었다.

그와 헤어지자마자 시오리는 내 방으로 굴러들었다. 고향에서 생활비도 꼬박꼬박 올라오고 반듯한 생활을 좋아하는 친구인데 어째서인지 한곳에 머물지 못하고, 이사를 할 때마다 책이든 선물로 받은 물건이든 다 버리곤 했다. 짐이 늘어나는 게 싫다면서. 그녀는 그의 방에서 베개와 타월 이불과 보스턴 백 하나만 들고 나왔다. 외로움을 타는 친구도 아닌데, 늘 친구들의 집을 전전했다. 마치 취미처럼 보였다.

"왜 헤어졌는데?"

내가 물어보았다.

"음, 글쎄. 하지만 내가 빌붙어 사는 거였잖아. 당연히 내가 나와야지."

시오리는 애매하게 대답했다.

"좋아는 한 거야?"

또 물었다.

"말투가 아주 상냥하잖아."

그렇게 대답하면서 시오리는 조금은 그립다는 듯이 미소 지었다.

"하지만 같이 살다 보니까, 늘 그렇게 상냥하게 말하는 건 아니라는 거, 지겹도록 알게 되더라. 테라코하고 같이 사는 게 훨씬 재밌어. 테라코는 늘 상냥하잖아."

시오리는 그렇게 말하고는 또 싱긋 웃었다. 하얀 볼, 엷은 눈동자, 마시멜로 같은 얼굴이었다. 그 무렵에는 둘 다 대학에 다녔고 생활 시간대도 거의 비슷해서 늘 얼굴을 마주하고 있으면서도 싸움 한번 하지 않았다. 시오리는 어느 틈엔가 내 방에 길들었고, 공기 중에 녹아들듯 자연스럽게 거기에 있었다.

시오리와 있다 보면, 나 혹시 남자보다 여자를 좋아하는 거 아닐까, 레즈비언이란 뜻이 아니고, 그런 생각이 들었다. 그 정도로 그녀는 좋은 사람이었고, 같이 있으면 즐거웠다. 그녀는 피부가 하얗고, 포동포동하고, 눈은 아주 가늘고 가슴이 유독 컸다. 미인도 아니고, 다소곳한 몸짓이 '엄마' 같은, 그러니까 전혀 섹시하지 않은 타입이었다. 다만 말수가 적고, 여자답고, 시오리를 생각하면 늘 그 겉모습보다 주위에 떠도는 부드러운 분위기만 떠올랐다. 그녀가 아직 내 곁을 떠나지 않았을 때, 희미한 그녀의 미소와 눈꼬리에 지는 깊은 주름을 보면 나도 모르게 그녀의 커다란 가슴에 얼굴을 묻고 펑펑 울면서 모든 것을 털어놓고 싶어지곤 했다. 나쁜 일, 거짓말한 일, 앞으로의 일, 피곤한 일, 참을 수 없는 일, 어두운 밤의 일, 불안한 일, 아무튼 나. 그리고 아빠와 엄마와 고향의 달과 논밭 위를 서성이는 바람의 색깔을 떠올리고 싶어졌다.

시오리는 그런 여자였다.

아주 잠시였지만, 나는 옛 친구와의 만남에 머릿속이

혼란했다. 혼자서, 어지럼증이 일 것 같은 햇살 속을 걸어 집으로 돌아왔다. 오후면 내 방은 햇살로 가득하다. 나는 눈부신 빛 속에서 멍한 머리로 빨래를 걷어들였다. 볼에 닿는 하얀 시트에서 깨끗하고 좋은 냄새가 났다.

소나기처럼 쏟아지는 빛을 등지고 에어컨의 서늘한 바람 속에서 옷을 개면서, 나는 왠지 잠이 와 꾸벅꾸벅 졸았다. 이런 식으로 잠드는 낮잠은 정말 기분 좋다. 금빛 꿈을 꿀 것 같다. 나는 치마만 벗고 스르륵 침대로 기어 들어갔다. 요즘에는 꿈도 꾸지 않는다. 곧장 캄캄한 어둠이다.

갑작스럽게 잠 속으로 파고든 전화벨 소리에 의식이 돌아왔다. 이건 그 사람에게서 온 전화야, 하고 일어나 시계를 보니 잠든 지 십 분도 지나지 않았다. 다른 전화는 아무것도 모르는 채 잠잘 수 있으니, 이 정도도 초감각적인 지각이라고 인정해 준다면 나도 훌륭한 초능력자라고 생각한다.

"테라코?"

수화기를 들자, 그가 그렇게 말했다.

"응, 나."

"자고 있었지?"

어째 기쁘다는 듯이 들렸다. 나도 늘 듣기 좋은 그

목소리의 울림에 혼자서 미소 지었다.

"벌써 일어나 있었어."

"거짓말. 그건 그렇고 오늘 저녁 같이 먹을까?"

"좋아요."

"그럼, 늘 만나는 데서 7시 반."

"응."

전화를 끊었다. 여전히 빛이 넘치는 방은 고요하기만 하다. 모든 것의 그림자가 짙고 또렷하게 바닥에 어려 있고, 시간은 토막 나 있다. 잠시 바라보다가, 아무것도 내키지 않아 다시 침대로 파고들었다. 이번에는 잠들기 전에 잠시 시오리를 생각했다.

시오리의 마지막 애인이었던 아까 그 남자 친구는 시오리가 일 때문에 죽었느냐고 물었다. 그때 모르겠다고 대답하면서도 마음속으로는, 어쩌면 멀게는 정답일 수도 있겠다고 생각했다.

시오리는 그 일에 정신없이 사로잡혀 있었다. 내 방에서도 그 때문에 나간 것이다. 어떤 의미에서는 그녀의 천직이었는지도 모르겠다. 그녀만이 할 수 있는 일이었다. 그녀는 친구의 소개로 술집에서 아르바이트를 하다가 비밀 클럽 같은 아니 좀 색다른 매춘 사업을 하는 조직의 사람에게 스카우트되었다. 그녀가 한 일은 그저 손님과 함께 자는 것이었다. 처음 들었을 때는 나도 깜짝 놀랐다.

고용주는 맨션에 그녀가 쓸 방과 일하는 방을 따로 내주었다. 아래층에 있는 일하는 방에는 거대하고 푹신한 더블 침대가 놓여 있었다. 나도 한 번 가본 적이 있다. 그 방은 호텔보다 더 호화로워 흡사 외국 같았다. 영화에서만 본 진짜 침실이었다. 시오리는 그 방에서 일주일에 몇 번 손님과 함께 아침까지 잠을 잤다.

"뭐, 그럼 성 관계는 없단 말이야?"

나는 물었다. 일에 푹 빠진 시오리가 끝내 내 방에서 나가 일터가 있는 맨션으로 이사를 하겠다고 털어놓은 밤이었다.

"얘는, 그런 사람은 다른 델 가지."

그녀는 그저 편안한 미소만 지었다.

"참 갖가지 일이 다 있다……. 수요와 공급이란 거겠지."

나가겠다는 사람을 막을 수는 없었다. 그리고 왜인지는 모르겠지만 시오리가 그 이상한 일에 포로가 돼 있다는 것을 알고 있었다.

"너 없으면 심심하겠다."

"내 방은 그냥 보통 방이야, 놀러 와."

아직 짐도 꾸리기 전이라 방에 녹아 있는 그녀가 떠난다는 것이 믿어지지 않았다. 둘이서 늘 그러듯 바닥에 앉아 뮤직 비디오를 보면서, 곡이 좋으니 패션이 엉망이니 하고 두런거리며 밤을 새웠다. 시오리와 함께 있으면 시간이 묘하게 뒤틀린 듯한 느낌이 들었다. 부드러운 그녀의 얼굴에 박혀 있는 가느다란 눈이 푸른 달처럼 어둡고 허망한 탓이었다.

불을 끄면 내 침대와 나란히 바닥에 이부자리를 깔고 잠든 그녀의 새하얀 팔이 달빛에 또렷하게 보이곤 했다. 그리고 불을 끄면 오히려 우리 둘의 대화는 끝이 없었다. 뭐가 그리 할 말이 많았을까 싶다. 그 밤, 시오리는 유난히 일에 대해 많은 얘기를 했다. 어둠 속에서 시오리의 가녀린 목소리가 악기의 선율처럼 흘렀다.

"나, 밤새 그냥 푹 자는 건 아니야. 만약 한밤중에 옆에 자는 사람이 눈을 떴는데, 내가 쿨쿨 자고 있으면, 내 일의 의미가 없어지잖아, 프로가 아니잖아, 무슨 소린지 알겠어? 절대 옆에 자는 사람을 외롭게 하면 안 돼. 나를 찾아오는 사람은, 물론 인맥을 통해서 오지만, 다들 신분이 버젓한 사람들이야. 아주 복잡한 형태로 상처를 입은, 지친 사람들이야. 자신이 지쳐 있다는 것조차 모를 정도로 지친 사람들. 그래서 다들 한결같이 한밤중에 눈을 떠. 그런 때, 희미한 불빛 속에서 내가 생긋 웃어주는 거, 그게 핵심이야. 그러고는 얼음물을 한 잔 건네주는 거야. 커피를 줄 때도 있어, 부엌에 가서 정성스럽게 끓여서. 그럼 대부분 안심하고 다시 잠들어, 편안하게. 사람이란 다들 누가 옆에서 그냥 자주기를 바라는 존재인가 봐. 여자도 있고, 외국인도 있어. 하기야 나, 그냥 적당히 잠들 때도 있지만. ……어쩌면 지친 사람들 옆에서 자면서, 잠든 사람의 숨결에 내 숨결을 맞추면서 그 사람의 마음속 어둠을 빨아들이는 건지도 모르겠어. 자면 안 돼 하고 생각하면서 그만 꾸벅꾸벅 졸다가 무서운 꿈을 꾸곤 하거든. 초현실적인 꿈. 침몰하는 배에 타고 있는 꿈, 모아놓은 동전을 잃어버리는 꿈, 창문으로 어둠이 들어와 숨이 막히는 꿈……. 숨이 막혀서 놀라 잠이 깨지. 무서워, 그런 때는. 그런데 옆에서 자는 사람을 보면, 아아 지금, 이 사람의 마음의 풍경을 봤구나. 이렇게 외롭고 괴롭고 황량한 풍경이구나, 하고 생각하면…… 왠지 무서워져.”

달빛 속에서 시오리는 천장을 쳐다보고 있었다. 희미하게 빛나는 흰자위를 보면서, 나는 ‘그거 어쩌면 시오리의 마음속 풍경이 아닐까.’ 하고 생각했지만, 말하지는 못했다. 하지만 분명, 그럴 것이라고 생각했다. 울고 싶을 정도로, 그럴 것이라고.

여름이 중반에 접어들었다. 약속 장소에 나타난 반소

매 차림의 그의 팔을 보면 어색해서 화들짝 놀라곤 한
다. 겨울에 처음 만나서인지 그의 이미지는 늘 코트와
스웨터를 입고 있는 모습이다. 둘이 있으면, 북풍 속을
걷고 있는 듯한 기분이 든다. 내가 미친 것이라고 생각
한다. 밖은 후덥지근한 열대야고, 이렇게 에어컨을 팡
팡 틀어놓은 가게 안에 있는데 마음의 풍경은 변함이
없다.

"나갈까?"

자신이 눈앞으로 다가올 때까지 그저 눈길로만 좇고
있는 나를 이상하다는 듯 쳐다보며 그가 말했다. 그런
데도 나는 잠시 그의 눈동자를 멍하니 올려다본다.

"응."

자리에서 일어난다. 만난 순간에는 늘 이렇게 멍해
진다.

"오늘은 뭐 했어?"

그가 별 뜻 없이 물었다.

"그냥 집에 있었어……. 아 참, 낮에 우연히 옛날 친
구 만났어."

"남자야? 데이트였군."

그가 웃으면서 말했다.

"젊은 남자."

나도 웃으면서 말했다.

“어렵쇼.”

그가 살짝 토라졌다. 고작 여섯 살이란 나이 차이에 유독 신경을 쓰는 것은 내 모습이 너무 어려 보여서일 수도 있다. 화장을 하지 않고 밖에 나가면 가끔은 고등학생으로 오인될 정도다. 나는 대학을 졸업하고부터는 나이를 먹지 않는 것 같다. 생활 방식 탓인지도 모르겠다.

“오늘은 느긋하게 놀 수 있는 거야?”

그는 그렇게 묻는 내 눈을 애처롭게 들여다보고는 미안하다는 듯 말했다.

“오늘은 친척을 좀 만나야 돼. 그러니까 저녁밥만 같이 먹자.”

“친척? 당신 친척?”

“아니, 사돈 쪽.”

요즘은 숨기려 하지도 않는다. 내가 직감으로 알아버리기 때문이리라. 그에게는 아내가 있다.

이미 의식이 없는, 병원에서 잠든 채 조용히 숨만 쉬는 아내.

처음 그를 만난 것은 한겨울이었다. 차를 타고 바다에 갔다. 내가 아르바이트를 그만둔 다음 일요일, 데이트 신청을 받았다. 아르바이트하는 곳의 상사였던 그가 유부남이라는 것을 나는 알고 있었다. 긴긴 하루였다.

그날 내 안에서 이미 커다란 변화가 시작되었다는 것을, 지금의 나는 느낄 수 있다. 나는 그날의 어딘가에 아직은 건전한 아가씨였던 나를 두고 와버렸다. 뭐가 달라진 것은 아니지만, 그날 나와 그는 거역할 수 없는 거대하고 암울한 운명의 흐름에 휘말리고 말았다. 그것은 연애에 뒤따르는 단순한 성의 꿈틀거림 같은 것이 아니라, 둘의 힘으로는 어쩔 수 없는 거대하고 슬픈 흐름이었다.

하지만 아무튼 그때 나는 그저 명랑하고 활기찬 기분으로 아직은 키스도 나누지 않은 그를 누구보다 좋아했다. 그가 운전하는 차를 타고 바닷가 길을 한없이 달리는 동안, 아름다운 바다와 빛에 흔들리는 파도에 맞춰 내 안에서 반짝반짝 솟아오르는 엄청난 에너지를 느끼면서 그저 행복했다.

해변으로 내려가 잠시 걷자, 구두 속으로 금방 모래가 파고들었다. 그런데도 바닷바람은 상쾌하고, 햇살은 부드러웠다. 추워서 오래는 밖에 있을 수 없다는 것을 알고 있었기에 한결 파도 소리가 그리웠다. 문득 생각이 나서, 나는 밑에서 그의 얼굴을 들여다보는 자세로 농담을 하듯 물었다.

"이와타니 씨 부인은 어떤 사람이에요?"

그는 쓸쓸히 웃으면서 말했다.

"식물인간이야."

불순하다고 생각할 테지만, 나는 그 물음과 대답을 생각할 때마다 나도 모르게 피식 웃고 만다.

부인은 어떤 사람이에요? 식물인간이야.

하지만 그때는 웃을 수 없었다. 나는 그저 눈을 동그랗게 뜨고

"네?"

하고 말했다.

"운전하다가 사고를 일으킨 후로 줄곧 입원해 있어. 일 년쯤 되었으려나. 그러니까 일요일에 이렇게 여자하고 데이트를 할 수 있는 거지."

그는 주머니에 손을 집어넣은 채 구김 없이 그렇게 말했다. 나는 그 손을 끄집어냈다. 뜨거운 손이었다. 나는 그저 놀라 말했다.

"거짓말이죠?"

"그런 이상한 거짓말을 해서 뭐 하려고."

"하긴 그렇네요."

나는 내 두 손으로 그의 손을 감싸 쥐었다.

"면회 가고 간병도 하고 그래요? 힘들어요?"

"그 얘기는 그만 하지."

그가 시선을 돌리며 말했다.

“안 그래도 아내가 있는 자가 연애를 하게 되면, 묵직한 부담을 짊어지고 만나야 하니까. 식물인간이 아니라도 말이야.”

“그 농담도 좀 이상하네요.”

나는 그렇게 말하면서 그의 손을 볼에 대었다. 바람 소리가 귓가에서 멈췄다. 겨울 냄새가 났다. 멀리 바다 위에서 빛나는 구름이 하늘에 녹아 보라색으로 보였다. 그의 손바닥 너머에서 파도 소리가 조그맣게 울렸다.

“추워요, 가요. 뜨거운 차라도 마시러 가요.”

내가 말했다. 자연스럽게 놓으려 했던 내 손을 그가 아주 잠깐 꼭 잡았다. 그리고 놀라서 올려다본 그때, 바다보다 깊은 무궁을 응시하는 듯한 눈동자의 색에, 나는 모든 것을 감지한 기분이 들었다.

그 순간 나는 그와, 그와 나의 연애의 조짐과, 둘 사이에 있는 무언가를 고스란히 보고 말았다. 그때 나는 비로소 그를 진정 사랑하게 되었다. 그 순간 바다 앞에서, 그때까지의 어중간한 감정이 진짜 사랑으로 바뀌고 말았다.

밥을 먹으면서 내가 오히려 시간에 신경을 썼다.

“이제 가야 되는 거 아니야?”

세 번 정도는 물었다. 밤 8시가 넘어 친척이 찾아오

다니, 흔한 일은 아니라고 생각했다.

"내가 괜찮다고 하면 괜찮은 거야."

그는 그렇게 말하고는 동그란 중국집 테이블을 필요 이상 빙글빙글 돌리며 웃었다.

"그런 걱정 말고, 어서 먹어."

"그렇게 빙빙 돌리는데 어떻게 먹으라고."

눈앞에서 마치 회전목마처럼 빙글빙글 돌아가는 요리를 보고, 나는 키득키득 웃었다. 멀리서 종업원이 짜증스러운 표정을 지었다.

"괜찮아. 내가 찾아가서 자고 올 거니까. 일 때문에 늦는다고 미리 말해 뒀어. 아주 좋은 사람들이야."

"그래서 결혼이 좋단 말이야. 그전까지 타인이었던 좋은 사람들하고 친척이 되니까."

나는 말했다.

"그 말 비꼬는 거 아니지?"

그가 불안한 표정으로 물었다.

"응, 물론."

정말이었다. 너무 멀어서 나와는 접점이 찾아지지 않았다.

"부인도 좋은 사람……이었어?"

나는 물었다. 그녀가 의식을 되찾을 가능성은 전혀 없는 것 같았다. 그는 남은 것은 대화와, 마음의 문제라고 했다.

"응, 좋은 사람이었어. 곱게 자랐는데도 다부지고, 눈물이 많고. 덜렁대고 운전을 잘 못하고, 그래서 사고나 일으키고. 이제 그만 하지, 아내 얘기는."

"알았어."

나는 말했다. 나는 그다지 심각하게 생각하지 않는데, 그는 유독 아내에 대한 화제를 꺼렸다. 나는 살구맛이 나는 달콤한 술을 마시고 있었다. 술기운은 도는데 조금도 졸리지는 않고, 테이블 건너편에 있는 그의 모습이 점점 선명하게 보였다. 나는 잘 알고 있었다. 우리는 모두 나무의 사타구니에서 태어나지 않았다. 그에게는 부모가 있고, 그녀에게도 슬픔에 젖은 부모가 있을 것이다. 갑작스러운 불행에 휘말려 파생된 무수한 현실, 병원과 간병과 비용과 이혼과 호적과 죽음의 결정과…… 그런 일들이 분명하게 있는 것이다.

때로 그런 모든 것을 알고 있노라고 과감하게 말하고 싶어진다. 말하면 충격을 받은 그가 여러모로 배려해 주리란 것을 알고 있나.

당신, 그런 모든 일에 아주 성실하게 관계하고 싶은 거죠? 마지막까지 빈틈없이, 그 사람들 모두가 의지할 수 있는 사람이 되고 싶은 거죠? 하지만 누구의 탓도 아니잖아요. 자신이 용납할 수 없을 뿐. 당신은 멋진 사람이니까, 자신이 멋지다고 생각하는 방식을 어떻게든 관철하고, 아내에 대한 사랑마저 그 안에다 멋들어지게 포함시키죠. 그러고는 그 모든 상황을 남의 일이라고 생각하면서, 오직 멋진 당신만을 바라보는 나까지도, 아니 실제로는 남의 일이라고 생각하지 못하는 나란 사람의 착함과 애처로움도 잘 알고 있어요. 그러니까 당신은 정말 냉정한 사람이에요. 그래요, 알고 있죠?

너무 좋아요. 정말 좋아해요, 그런 방식, ……그래요, 역시 나는 나도 모르게 이 사건에 휘말려 버렸는지도 모르겠어요.

사고가 거기까지 진전되면 늘 말할 마음이 없어지고 만다. 그래서 아무런 풍파도 없이 우리는 이 상태로 내내 조용히 정지돼 있다. 그들은 밤낮으로 인간의 생과 사를 얘기하고 서로를 지켜주고, 나는 말없이 정부처럼 하루하루를 보내고, 그녀는 끝없는 잠을 잔다.

그런 가운데

'우리의 연애는 현실이 아니다.'

이 말이 처음부터 머릿속을 오갔다. 어감에서 불길함이 느껴졌다. 그는 지치면 지칠수록 나를 현실에서 멀리 떨어진 곳에 두려고 한다. 그렇다고 말을 분명하게 하는 것은 아니니까 무의식적인 바람이겠지만, 내가 가능한 한 일하지 않고 방에서 가만히 지내기를 원한다. 그리고 만날 때는 시내에서 꿈의 그림자처럼 만난다. 예쁘게 차려입고, 웃을 때나 울 때나 지나치지 않기를 바란다. 아니, 이 모든 것이 그의 탓만은 아니다. 그의 지친 심신의 어둠을 감지한 나 자신이 그런 식의 처신을 즐기는 것이다. 우리 둘 사이에는 늘 외로움이 있고, 그것을 소중하게 지켜내듯 사랑을 나누고 있다. 그러니까 지금은 괜찮다. 아직은.

“차로 데려다 줄게.”
음식점에서 나와 주차장으로 가면서 그가 말했다.
“당신의 그런 말투, 정말 마음에 들어.”
나는 말했다.
“그렇지.”
그가 웃었다.
"그 말은 좀 뉘앙스가 다른 것 같은데.”
나도 웃었다.
“아직 이른 시간이니까 걸어서 갈래. 술도 깰 겸.”
“그럴래.”
약간 침울한 목소리였다. 어둠 속에서 그의 얼굴이

몹시 초췌해 보였다. 줄줄이 늘어서 있는 자동차들이 유독 잠잠하게 느껴지고, 좁은 주차장이 이 세상의 끝처럼 여겨졌다. 헤어질 때는 늘 조금은 이런 기분이 든다.

"왠지, 굉장히 나이 들어 보이는데."

그가 차에 오르면서 장난삼아 그렇게 말한 내게 심각하게 말했다.

"피곤해서 나 자신도 뭐가 뭔지 모르겠지만, 이제 남은 문제는 시간이야. 이렇게 말하는 거, 누구에게든 실례가 되겠지만, 지금은 앞일을 생각할 수가 없어."

거의 독백이었다.

"응, 알아. 가, 이제."

당황해서 그렇게 말하고는 차 문을 닫아주었다. 그 이상 듣고 싶지 않았다. 밤길을 걷는데 그의 차가 클랙슨 소리를 울리며 내 옆으로 지나갔다. 나는 웃으며 손을 흔들었지만, 마치 체셔 고양이처럼 웃는 내 얼굴만 어둠 속에 남겨진 기분이었다.

옆에 애인이 있든 없든, 나는 술 취해 걷는 밤길을 좋아한다. 달빛이 거리를 비추고, 건물의 그림자가 한없이 이어진다. 내 발소리와 먼 자동차들의 소리가 어우러진다. 도시의 밤은 하늘이 밝아서, 왠지 모르게 불안하면서도 안심이 된다.

발은 터벅터벅 내 방을 향하고 있었지만 마음은 전혀 돌아가고 싶어 하지 않았다. 그렇다, 나는 시오리의 방에 가고 싶은 것이다. 이런 밤에는 늘 시오리의 방에 들렀었다. 업무용 방이 아니라 시오리가 사용하는 개인 방. 취한 탓인지 잠이 쏟아지는 탓인지, 회상과 현실의 경계가 모호해진다. 요즘 나는 이상하다. 지금도 엘리베이터를 타고 시오리의 방을 찾아가면 꼭 만날 수 있을 것만 같은 기분이다.

그랬다, 이렇게 허전하고 외롭고, 썰렁한 데이트 후에는 종종 시오리를 찾아갔었다.

그와는 같이 있기만 해도 외로워 견딜 수가 없었다. 어째서일까, 왠지 슬프고, 파란 밤으로 한없이 꺼져 들어가면서 멀리서 빛나는 달을 그리워하듯, 손톱까지 파랗게 물이 들 것만 같은 느낌에 사로잡히곤 했다.

그와 함께 있을 때면 나는 말이 없는 여자가 된다.

시오리에게 몇 번이나 그렇게 말했지만, 그녀와 있을 때년 소살소잘 말이 많은 나라서 전혀 믿어주지 않았다. 하지만 나는 그의 얘기를 들으며 그저 고개만 끄덕일 뿐이었다. 얘기하는 리듬과 고개를 끄덕이는 리듬이 거의 예술의 경지에 도달하여 절묘한 균형을 이루기 시작했을 무렵, 나는 시오리가 하는 일과 비슷하다는 느낌에 언젠가 이렇게 말했다.

“왜 그 사람하고 자다 보면 늘 한겨울 같은 느낌인지 모르겠어.”

“아, 나 이해해.”

시오리가 말했다.

“어떻게 그렇게 금방 아는데, 아직 얘기도 다 안 끝났는데 뭘 안다고.”

내가 화를 내자

“나, 프로잖아.”

라고 시오리는 눈을 찌푸리며 말했다.

“말이지 그런 사람은 정해진 약속 외의 일은 전부 무(無)라고 생각해.”

“무?”

“그러니까 불안한 거지. 테라코를 내 것이라고 생각하면 자신의 입장이 아주 불리해지잖아? 그래서 지금 너는 일단 무야, 보류한 상태라고, 포즈 버튼을 눌러둔 거야. 그냥 사둔 거, 인생의 덤.”

“응……. 무슨 소린지 알 것 같기도 한데…… 그러니까 무가 어떤 거야. 나, 그 사람의 어떤 곳에 있는 건데?”

“아주 캄캄한 어둠 속.”

시오리는 웃었다.

나는 시오리가 보고 싶고 만나고 싶었다. 그래서, 절대 만날 리 없는데도 정처없이 빙빙 먼 길을 돌아 걸었다. 그렇게 하면 시오리에게 가까워질 수 있을 것 같았다. 오가는 사람들도 드문드문해지고, 밤이 점점 짙어졌다.

마지막으로 시오리의 방에 들른 것은 시오리가 죽기 이 주일 전쯤이었다. 그리고 그때가 정말 마지막이 되고 말았다. 그때는 왠지 기운이 없어서 깊은 밤에 불쑥 들렀다. 시오리는 나를 반갑게 맞아주었다.

집 안에 들어섰다가 깜짝 놀랐다. 거실 한가운데 거대한 해먹이 매달려 있었다.

"뭐야 저거? 물건이라도 올려놓는 거야?"

현관에 우뚝 선 채 그것을 가리키며 나는 말했다.

"으응, 일 때문에 푹신푹신한 침대에서 자잖아 나. 아니 그보다 늘 깨어 있어야 되잖아."

늘 그렇듯 높고 부드럽고 가녀린 목소리로 시오리가 말했다.

"침대에 늘어가면 눈이 말똥말똥해져서, 저런 불안정한 데서 자면 잠을 잘 수 있을까 해서……."

이유를 듣고 보니, 과연 그렇겠다 싶은 기분도 들었다. 일에는 그 일 특유의 문제점도 있는 거로구나, 하고 생각하면서 거실로 걸어가 소파에 앉았다.

“차 마실래? 아니면 술?”

그 느릿한 동작과 늘 미소 짓는 입가가 그리웠다. 시오리가 내 방에 있을 때처럼, 마음에 쌓인 원인 모를 피로감이 씻겨 내리는 것 같았다.

“술 마실게.”

나는 말했다.

“테라코를 위해서 진을 새로 따주지.”

시오리는 그렇게 말하고 냉장고에서 얼음을 잔뜩 꺼내 그릇에 담고, 레몬을 썰고, 아직 따지 않은 진을 병째 들고 나왔다.

“이거 따도 되는 거야?”

나는 잔을 들고 소파에 거의 묻힐 듯 앉아 말했다.

“괜찮아, 난 술 거의 안 마시잖아.”

시오리는 오렌지 주스를 마시면서 대답했다. 집 안은 한없이 고요했다.

“여기, 엄청 조용하다.”

나는 말했다. 술이 들어갔는데도 취기가 돌지 않았다. 마음도 아주 맑았다. 슬픈 일이 있는 것도 아니어서 뭐라 말할 수가 없었다.

“무슨 일, 있었어?”

시오리가 몇 번이나 그렇게 물었다. 그 말투가 마치 충견처럼 한결같아 “아니, 아무것도 아니야.”라는 나의 대답이 끝나기가 무섭게 묵직해지는 기분이었다.

"정말 아무 일 없어. 요즘은 텔레비전 안 봐? 음악도 안 듣고?"

그 밤, 시오리의 집에서는 소리 하나 나지 않았다. 우리 둘의 목소리 말고는 모든 소리가 사라지고 없어 마치 펄펄 눈 내리는 밤에 동굴 속에 있는 듯했다. 시오리의 가는 목소리가 그 조용함을 부각시키고 있었다.

"응, 조용한 거 싫어?"

시오리가 물었다.

"친구 방에 와서 어떻게 그런 불평을 하니. 그냥 내 귀가 이상한 것 같아서."

나는 말했다.

"요즘은 온갖 소리가 다 시끄러워서."

퀭한 눈빛으로 시오리가 말했다.

"너 혹시, 이와타니 씨 일로 고민하는 거야? 부인 때문에 옥신각신? 나, 너랑 같이 살았던 사람이잖아. 너 상태가 좀 이상하다는 거, 금방 알 수 있어."

"아니야, 이상할 거 하나도 없어. 전혀, 그냥, 좀 기……."

나는 내가 하려던 말에 소스라치게 놀랐다. 끔찍한 말을 할 뻔했다.

기다림에 지쳤을 뿐이야, 라고.

“기?”

“기가 막힌 거짓말을 했거든, 내가. 그래서 그냥 좀 티격태격했어. 그뿐이야. 부인 얘기는 별로 하고 싶어 하지 않는데, 역시 친척들 때문에 힘든가 봐. 그리고 병원에도 자주 가는 것 같고. 하지만 괜찮아, 전혀.”

“그래, 그럼 됐고.”

시오리는 미소 지으며 말했다.

“나, 너하고 그 사람 내내 사이좋게 지냈으면 좋겠어. 내 눈앞에서 시작된 사랑이잖아, 응.”

“그래, 걱정 마. 안 헤어지니까.”

나는 말했다. 묘한 일이지만, 말하면서 점점 대담해져 정말 아무 일도 아닌 듯한 기분이 들었다. 그다음에 무슨 얘기를 했는지는 기억나지 않는다. 그 정도로 사소한 얘기였다. 둘이서 살았던 때의 추억, 일하면서 있었던 어처구니없는 일, 화장품, 텔레비전 프로그램, 그런 얘기들……. 내 머리 뒤에는 내내 공중에 뜬 해먹. 시오리의 하얀 셔츠, 빨간 주전자에 물을 끓여 마셨던 뜨거운 녹차의 김, 그렇다, 그런 일들밖에 기억나지 않는다.

“그만 갈게.”

나는 일어섰다.

“자고 가지 그러니.”

시오리가 말했다. 나는 망설이다가 손님인 나는 침대

에서 자고 그녀는 해먹에서 잘 것이란 생각이 들자 역시 내키지 않아 돌아가기로 했다.

"이제 기운 좀 났어?"

현관에서 시오리가 물었다. 나는 그날 처음으로 어리광을 피웠다.

"응, 조금."

시오리는 눈을 가늘게 찌푸리고, 놀리듯 말했다.

"같이 자줄까?"

"됐어."

그 말을 끝으로 나는 시오리의 집에서 나왔다.

문이 닫히고, 엘리베이터를 향해 두세 걸음 걸었을 때, 갑자기 나는 뒤로 돌아서고 싶은 마음에 안절부절 못했다. 다시 한 번 시오리의 얼굴을 보고 싶었다. 하지만 되돌아가 봐야 시오리는 철문 안쪽에서 그녀의 시간으로 돌아가 있으리란 것을 알고 있기에, 그리고 되돌아가 무슨 할 말이 있는 것도 아니어서, 엘리베이터에 타고 말았다……

걷다 지쳤을 즈음, 나는 너무 먼 곳까지 와 있어 결국은 택시를 타고 돌아갔다. 그리고 아무 생각도 하지 않고 캄캄한 어둠에 싸여 깊은 잠에 빠졌다. 스위치를 꺼버린 듯한 잠이었다. 이 세상에 나와 침대밖에 없는 듯한……

　전화벨 소리에 번쩍 눈을 떴다. 창문에는 햇살이 비치고 벌써 방도 밝았다.

　그가 건 전화겠지 하고 수화기를 들었더니, 느닷없이

　"나갔다 왔어?"

라고, 그가 평소와 다른 묘한 말투로 물었다.

　"아니."

　시계를 보니 오후 2시였다. 나는 그렇게 곤히 잔 스스로가 어이없었다. 어젯밤에는 12시도 되기 전에 잠들었는데.

　"정말 내내 있었어?"

　수화기 저편에서 그가 의심스럽다는 투였다.

　"응, 자고 있었어."

　"몇 번이나 걸었는데, 받지 않아서 이상하다 했는데."

　그가 좀 신기하게 여기는 듯했다. 나는 그저 놀라울 따름이었다. 굳게 믿었던 내 초능력이 드디어 바닥이 드러났나 싶었다. 그가 건 전화벨 소리를 듣지 못하다니, 있을 수 없는 일이라고 믿기에, 사실은 불안해서 어쩔 줄을 몰랐다. 하지만 명랑한 목소리로 대답했다.

　"아니야, 잠이 너무 깊이 들었나 봐."

　"그래. 그냥, 어제 얘기도 제대로 못 나눠서, 내일쯤 만날 수 있으려나 하고."

다른 말은 거침없이 하면서, 어디 가서 자자든지 섹스를 하자는 말은 절대 하지 않는다. 그의 그런 조심스러움도 꽤 좋아했다.

"좋아."

나는 실은 시간이 남아돌아 가는데 바쁘다는 소리는 하지 않는다. 아무리 효과적이라도 그런 허접한 테크닉은 싫다. 언제나 오케이, 언제나 좋다이다. 있는 대로 드러내는 것이 최선이라고 믿고 있다.

"그럼, 방 잡아놓을게."

그는 그렇게 말하고 전화를 끊었다. 오후의 방에 다시 나만 남았다. 너무 많이 자서 그런지 어질어질했다.

어렸을 때부터 나는 누웠다 하면 잠이 드는 체질이었다. '애인에게서 걸려 온 전화를 아는' 특기 외에 한 가지 장점이 더 있다면 '마음만 먹으면 언제든 잘 수 있는 것'이라고 생각한다. 우리 엄마는 취미 삼아 친구가 경영하는 술집에서 아르바이트를 했다. 아버지는 평범한 회사원이었지만 너그럽고 화통한 구석이 있어 엄마가 아르바이트하는 것을 인정했고, 종종 그 술집에 드나들기도 했다. 그래서 외동인 나는 밤에도 집에 혼자 있는 날이 많았다. 어린애 혼자 있기에는 집이 너무 넓어서, 나는 늘 새근새근 잠을 잤다. 불을 끄고 어두운 천장을 올려다보면서 하는 생각은 지나치게 감미롭고 쓸쓸해서, 싫었다. 외로움을 좋아하고 싶지 않았다. 그래서 순식간에 잠에 빠졌다.

어른이 되어서 그런 기억이 강렬하게 되살아나기 시작한 것은 그와 처음 하룻밤을 같이 보내고 돌아오는 차 안에서였다. 가나가와 현 쪽으로 짧은 여행을 떠나 밤을 지내고, 다음 날에는 온종일 관광을 한 뒤 저녁때 귀로에 올랐다. 나는 하루가 끝난다는 것이 너무너무 무서워서 거의 절망한 상태였다. 파란 신호를 저주하고 빨간 신호에 걸릴 때마다 안도하고 기뻐했다. 도쿄에 도착하면 다시 서로의 일상으로 돌아가야 할 일이 괴로웠다. 아마도 처음 잤고, 그리고 무엇보다 부인이 마음에 걸려서 그랬으리라. 그렇게 신경이 예민해지기는 처음이었다. 집으로 돌아가 혼자가 될 순간을 생각하면 공포심에 몸이 찢겨나가는 것 같았다.

이어지는 자동차 불빛 속에 꺼져 들기라도 할듯, 나는 움츠리고 있었다. 왜 그렇게 외로웠는지 모르겠다. 그는 평소와 다름없이 상냥하고 농담도 했고, 나도 웃었다. 하지만 두려움은 사라지지 않았다. 얼어붙을 것 같았다.

그런데 나도 모르게 그만 잠이 들고 말았다. 정말이지 언제 잠이 들었는지 전혀 기억나지 않았다. 그래서 다음 순간 그가 다 왔다며 흔들어 깨워, 우리 집 앞이

라는 것을 알았을 때는

'우와, 편하게 왔다. 득 봤네.'

하고 생각했다. 내가 가장 싫어하고 슬퍼했을 몇 분이
뭉텅 잘려나갔으니까 잠은 내 편인가 봐 하고. 그리고
정작 맞고 보니 아무렇지도 않은 헤어짐에 웃는 얼굴로
손을 흔들면서 나는 새삼 감동했다.

그런데 요즘은 잠이 인생을 침식하려 든다면 어떨까,
하고 눈을 뜨는 순간 생각한다. 그리고 약간 무서운 기
분이 든다. 그가 건 전화벨 소리도 알아듣지 못한 채
잠에 빠져 있었던 것도 그렇고, 너무 깊이 잠들어 잠에
서 깰 때마다 마치 죽었다 살아난 듯한 기분이 드는 것
도 그렇고, 자는 나를 밖에서 보면 새하얀 백골이 아닐
까 싶은 때가 있는 것도 그렇고. 잠에 빠진 채 그대로
썩어 영원한 시간 속으로 가버리면 좋겠다 싶은 생각을
할 때도 있다. 나는 어쩌면 잠에 홀린 것인지도 모르겠
다. 시오리가 일에 홀렸던 것처럼. 그런 생각을 하면,
겁이 난다.

속사정을 시시콜콜 털어놓지는 않지만, 요즘 그와 함
께 잠을 자면 그가 모든 것에 얼마나 지쳐 있는지 잘
알 수 있다. 구체적인 얘기는 한마디도 하지 않는 데다
나 또한 의학에 관해서는 무지하기 짝이 없어서 잘은

모르지만, 사돈 쪽에서는 어떻게든 생명을 연장시키고 싶어 하고, '좋은 사람들'이라고 하니까 아마도 그에게 이혼해도 좋다고 제안하고 있을 것이다. 병원에 갈 때마다 아내는 끝없는 잠을 자고 있으니, '아직 살아 있다'고 생각하면 그로서는 정말 괴로울 테고, 죽을 때까지 헤어지지 않는 것이 자기 나름의 예의라고 생각하리라. 그래서 아무에게도 나에 대한 말은 하지 않는다. 그 자신이 모든 것에 지쳐 있어, 만에 하나 매듭이 지어져도 당장에 나와 함께 살 리는 없을 테니까, 그리고 시오리의 말대로 언제까지 내가 참고 견디어줄 수 있을지 불안하니까. 아아, 결국 늘 똑같다. 다람쥐 쳇바퀴 돌듯. 지금 내가 할 수 있는 일은 그저 아무 말도 하지 않는 것뿐. 그리고 내 위에 있는 그의 묵직한 몸을 견디는 것뿐. 함께한 일 년 반 동안, 그가 점점 나이를 먹어가는 것을 도저히 막을 수 없었다. 나도 지쳤는지, 한참 섹스를 하는 중에 멍하니 이런 생각이나 하고, 기분이 하나도 좋지 않다. 방의 어둠이 마음으로 스미는 것 같다. 얇은 커튼 너머 밤 풍경이 훨씬 더 밝게 빛나고, 마치 몽환처럼 멀게 보였다. 고개를 옆으로 돌릴 때마다 밖을 보았다. 횡횡, 바깥에 불고 있을 찬바람을 생각했다.

나란히 잠자리에 들었는데, 그가 불쑥 물었다.

"당신, 혼자 산 지 몇 년이나 됐지?"

"응? 나?"

너무도 갑작스러운 질문이라서, 그만 엉뚱한 소리가 나오고 말았다. 그 질문이 불빛에 보얗게 드러난 바닥에서 맴돌고, 과거와 현재의 기억 모두가 뒤죽박죽이 되고 말았다.

'뭐지, 뭐였더라? 내가 지금 왜 여기에 있는 거지, 지금까지 뭘 하고 있었던 거지?'

순간적으로 그와 함께 있기 전의 일이 하나도 생각나지 않았다.

"아, 응, 이제 겨우 일 년. 그전에는 여자 친구하고 둘이서 살았으니까."

"으응, 그랬어. 그러고 보니 옛날에는 전화 걸면 다른 아가씨가 종종 받았었지. 지금 뭐 하는데? 그 아가씨."

"결혼했어. 날 두고 나가버렸어."

거짓말이 나왔다.

"나빴네."

그가 웃으면서 말했다. 나는 드러누운 그의 넓은 가슴이 흔들리는 것을 보고 있었다.

"부인이 알면, 화낼까?"

별 생각 없이, 불쑥 그렇게 물었다. 그는 잠시 긴장한 표정을 짓더니, 천천히 미소 지으며 말했다.

"화 안 내. 만약에 본인에게 의식이 있다면, 하기야 의식이 있다면 이렇게 일이 커지지는 않았을 테니까 설정 자체가 성립하지 않지만, 아무튼 지금 내 입장을 알고 테라코를 알면 절대 화내지 않을 거야, 그런 사람이니까."

"좋은 여자였어?"

"응, 나 정말 여자 운은 좋은 사람인가 봐. 테라코도 좋지만, 집사람도 좋은 여자였어. ……이미 이 세상에 있지 않지만, 이미."

그가 졸린 목소리로 그렇게 단언하자, 나는 겁이 나서 아무 말도 못했다. 소름이 쫙 끼쳤다. 그 사람만 혼자서 편안하게 숨 쉬면서 잠에 빠져 들고, 나는 그의 감은 눈을 보고 숨소리를 들으면서, 마치 꿈속이 보일 것 같은 기분이었다.

홀로 외로이, 멀고 먼 밤의 어딘가를 헤매는 의식.

잠든 사람의 숨결에 내 숨결을 맞추면서, 라고 시오리는 말했다, 그 사람의 마음속 어둠을 빨아들이는 건지도 모르겠어. 자면 안 돼 하고 생각하면서도 그만 꾸벅꾸벅 졸다가 무서운 꿈을 꾸곤 하거든.

정말 네 말이 맞다, 시오리. 요즘은 알 것 같아. 그 사람 옆에서 그림자처럼 잠자다가 그림자를 빨아들이듯 마음을 복사하게 되나 봐. 그러다가 너처럼 많은 사람의 꿈을 알아버리면, 다시는 돌아올 수 없고, 너무 무거워서 죽는 길밖에 없을는지도 모르겠다.

여느 때처럼 단번에 잠으로 빠져 들기 직전에 그런 생각을 한 탓이리라, 시오리가 죽고 나서 처음으로 시오리의 꿈을 아주 선명하게 꾸었다. 마치 눈앞에 있는 현실처럼 생생하고 리얼한 꿈이었다.

나는 내 방에서 번쩍 눈을 뜬다.

밤이고, 방과 이어진 식당의 동그란 원목 테이블에서 꽃을 잘라 병에 꽂고 있는 시오리의 모습이 보인다. 낯익은 분홍색 스웨터와 군청색 바지, 늘 신었던 슬리퍼를 신고 있다.

나는 부시시 일어나

"시오리?"

하고 잠이 덜 깬 목소리로 말한다.

"응, 깼어?"

시오리가 내 쪽을 본다. 심각했던 옆얼굴에 부드러운 미소가 떠오른다. 볼에 보조개가 생긴다. 나도 덩달아 후후 웃고는 말한다.

"있지, 지금 나 이와타니 씨 꿈 꿨다. 아주 리얼한

꿈, 침대에 나란히 누워서, 시오리 애기하는 꿈이었
어.”
　“뭐라고, 멋대로 내 꿈 꾸면 안 되지.”
　시오리는 고개를 돌리지 않은 채 천진하게 웃는다.
　“이거, 잘 안 된다.”
　시오리는 테이블에 놓인 유리병에 하얀 튤립을 한 아
름 꽂고 있다. 그런데 꽃대가 사방을 향하고 있어 잘
모아지지 않는다. 테이블 위에는 튤립 몇 송이가 아직
남아 있다.
　“그냥 과감하게 잘라버려.”
　나는 말한다.
　“그러면 불쌍하잖아.”
　시오리가 말한다. 그러고는 다시 꽃과 씨름을 한다.
나는 그냥 보고 있을 수가 없어서 일어나 걸어간다. 자
다가 일어나서 그런지 손발이 나른하지만, 방 공기는
신선하게 느껴진다.
　“이리 줘봐.”
　꽃병을 잡는다. 시오리의 하얀 손가락에 살짝 손이
닿는다. 아무리 만지작거려도 꽃은 제멋대로 흩어지고
만다.
　“응, 정말 안 되네. 목이 자꾸 비틀어진다.”
　“테라코, 키가 좀 큰 꽃병 있었잖아? 검고 더 큰 거.”

“아아, 그래 맞다……. 그런 게 있었지. 좀 기다려 봐, 아마 선반 위에 있을 거야.”

나는 말한다.

“의자 가지고 올게.”

시오리가 내가 자던 방으로 뛰어가 의자를 껴안고 나온다. 득의양양하게 웃고 있어 나는 생각지도 않은 말을 꺼낸다.

“시오리는 정말 잘 웃는다.”

“무슨 소리니, 뜬금없이. 눈이 가느니까 그렇게 보이는 거지.”

밑에서 의자에 오른 시오리의 목을 쳐다보았다.

“여기?”

선반을 여는 손을 본다.

“응, 거기 보이는 긴 상자.”

나는 가리킨다.

“받아.”

건네주는 긴 상자를 열고 검은 항아리 모양을 한 커다란 꽃병을 꺼낸다. 물로 씻고 안을 헹구고 걸레로 닦는다. 밤의 방에 물소리가 기운차게 울린다.

“이거면 잘 꽂히겠다.”

의자에서 내려온 시오리가 싱긋 웃는다. 나는 고개를 끄덕인다. 시오리가 꽃은 더 잘 꽂으니까 나는 시오리에게 향긋한 하얀 튤립을 한 송이씩 건넨다. 시오리는 정성스럽게 꽃을 꽂는다……

번쩍 눈이 뜨였다.

"아니?"

나는 놀라서 알몸인 채로 벌떡 일어났다.

시오리가 없었다.

너무나 생생한 꿈이었다. 나는 방금 있었던 장소가 아닌 곳으로 갑작스레 떨어졌고, 옆에서는 남자가 자고 있었다. 어두운 밤, 옅은 어둠에 가라앉은 방, 도로를 달리는 자동차의 불빛이 창밖으로 허망하게 지나갔다.

잠시 사방을 쳐다보면서, 재빨리 현실로 돌아왔다. 꿈의 힘이 너무도 강렬해서 머리가 띵하고 눈앞에 있는 모든 것이 비현실적으로 보였다. 오랜만에 시오리를 만났다는 감촉만이 분명하게 느껴졌다.

알았다. 어떻게 된 일인지 이제야 알 것 같다. 지금 내게 필요한 것은 옆에서 같이 잠을 자주는 사람이라는 것을. 지금의 나 같은 사람은 만약에 시오리가 옆에서 자고 있었다면, 지금 같은 강력하고 뜨거운 꿈을 꾸었으리라. 꿈꾸는 자를 끌어들이는 또 하나의 현실, 리얼한 색채와 시점, 감촉……. 나는 어리둥절한 채로 침대 커버를 쳐다보고 있었다.

"어이."

목소리에 나는 흠칫 놀랐다. 돌아보니, 그가 명료한 눈빛으로 나를 보고 있었다. 그 순간, 아아 또 밤의 끝이로군, 하고 나는 생각했다.

"무슨 일이야, 갑자기 벌떡 일어나고. 나쁜 꿈이라도 꿨어?"

"아니, 좋은 꿈이었어."

나는 말했다.

"아주 즐거웠어. 정말 신이 나서 깨고 싶지 않았는데. 이런 곳으로 돌아오다니 너무해, 이건 순 사기야."

"무슨 잠꼬대를 하고 있는 거야."

그는 혼잣말처럼 중얼거리더니 내 손을 잡았다. 그때 내 눈에 눈물이 고인 것을 알았다. 주르륵 침대 커버에 뜨거운 눈물이 떨어졌을 때, 그는 깜짝 놀라면서 나를 이불 안으로 끌어들이고 말했다.

"알았어, 당신도 지친 거지. 음, 그렇지, 이번 주에는 힘들겠지만 다음 주에 우리 어디 맛있는 거 먹으러 가자. 참, 다음 주에는 불꽃놀이 대회도 있잖아. 구경하러 가사, 응?"

그는 자기 탓도 아닌데, 열심이었다. 귀에 닿은 살은 뜨겁고 심장 소리까지 들렸다.

"사람 엄청 많을 텐데 뭐."

눈물을 흘리면서도 조금은 기분이 밝아진 나는 웃으

면서 말했다.

"강가까지 안 가도 근처에 있으면 조금은 보일 거 아냐. 우리 장어구이도 먹자."

"그래요, 먹어요."

"어디 맛있게 하는 데 알아?"

"음, 그 길가에 있는 큰 가게는?"

"거긴 별로지, 튀김 같은 것도 같이 하고, 전문점이 아니잖아. 더 안쪽으로 들어가서 없었나."

"아아, 절 뒤에 조그만 가게가 있는데. 거기 가봐요."

"장어는 말이야, 막 잡은 것을 그 자리에서 요리해야 제 맛이 난다고."

"밥도 고슬고슬하게 잘 지어져야 되고, 양념장도 중요하죠. 아니, 장어 덮밥이 그렇다는 거야."

"그래 맞아, 밥이 너무 질면 괜히 화가 나잖아. 나 어렸을 때는, 장어가 얼마나 귀한 음식이었는지……."

둘이서 한없이 장어 얘기를 했다. 그러다 조금씩 말이 끊어지면서 어느 틈엔가 거의 동시에 편안한 잠에 빠져 들었다. 꿈 때문에 깰 일 없는 깊고 따스한 잠이었다.

그의 아내는 얼마나 깊은 어둠 속에 있을까?

시오리는 그곳에 가까이 있을까? 훨씬 더 농도가 짙은 어둠, 잠을 자다가 내 마음도 그런 어둠 속을 헤매는 일이 있을까?

잠에서 깨기 직전 그런 생각을 했다. 그다음, 무겁게 구름 낀 창밖이 시야로 날아들고, 옆을 보자 그는 없었다. 시계를 본 나는 벌써 오후 1시란 것을 알고 놀랐다. 너무 놀라, 어머 어머, 하고 중얼거리면서 일어났다. 협탁 위에 편지가 있었다.

"당신, 하는 일도 없는 사람이 어쩌면 그렇게 잘 자는지 모르겠군.

내 주위에 있는 여자는 모두 잠만 자는 것 같습니다.

너무 곤히 자고 있어서 깨우지 않습니다. 방은 2시까지 연장해 놓았으니까 안심하시고.

나는 일이 있어서 먼저 갑니다. 또 연락하지요."

한 글자 한 글자, 마치 펜 습자를 연습하듯 또박또박 쓴 아름다운 편지였다. 그 사람이 글씨를 이렇게 쓰나 싶고, 어젯밤 서로를 껴안았던 때보다 한결 또렷하게 그의 윤곽을 확인한 듯한 착각에 나는 한침이나 그 편지를 바라보았다.

티셔츠만 걸치고 자서 그런지, 여름인데도 몸이 싸늘했다. 은빛으로 빛나는 구름이 거리를 덮고 있었다. 자동차의 행렬을 내려다보고는, 아직도 머리는 멍한데 옷을 갈아입었다. 세수를 하고 이를 닦아도 잠은 가시지 않고, 마음속에서 오직 잠만 스며 나오는 것을 느낄 수 있었다.

나는 레스토랑에 가서 점심을 주문했다. 하지만 손발은 가엾을 정도로 허공을 떠다니고, 입과 위와 마음이 따로 놀았다. 창문에 비치는 나른한 빛 속에서, 몇 번이나 눈을 감을 뻔한 나는 수면 시간을 계산해 보았다. 열 시간 이상은 잔 듯하다. 그런데도 왜 잠이 깨지 않는 것일까. 평소 같으면 아무리 잠을 많이 잤어도 삼십 분 정도 지나면 머리가 맑아지는데…… 하고 생각하는 사고조차 내 것 같지 않았다.

간신히 택시를 잡아타고 돌아와 세탁기를 돌려놓고 소파에 몸을 기댔는데, 그만 또 꾸벅거리고 말았다.

도저히 어떻게 할 수가 없다.

퍼뜩 정신을 차리고 보면 머리가 조금씩 등받이 쪽으로 기운다. 번쩍 눈을 뜨고 잡지를 들춰보지만 또 퍼뜩 정신을 차리고 보면 같은 곳을 읽고 있다. 정말 교과서를 쳐다보면서 조는 오후의 수업 시간 같군, 하고 생각하면서 또 눈을 감았다. 구름 낀 하늘이 방으로 흘러 들어와 뇌수를 뒤덮어버린 느낌이었다. 돌아가는 세탁기 소리도 잠을 방해하지 못했다. 나는 일단은 자고 보자 싶은 심정에 블라우스와 치마를 훌훌 벗어던지고 침대로 들어갔다. 이불의 감촉이 시원하고 상쾌했고, 베개는 달콤한 잠의 모양으로 부드럽게 머리를 받아들였다.

새근거리는 자신의 숨소리가 들리면서, 전화벨 소리도 울리기 시작했다. 물론 그가 건 전화라는 것을 알고 있었다. 마치 그 사람의 끈질긴 애정을 의미하듯 벨은 몇 번이나 울렸지만, 나는 도무지 눈을 뜰 수 없었다. 마치 무슨 저주 같다고 생각했다. 의식은 분명한데, 몸이 말을 듣지 않는다.

그녀가 저주를?

그런 의심이 순간적으로 떠올랐다가 사라졌다. 그의 말투로 봐서 그의 아내는 그런 짓을 할 사람이 아니다. 그녀는 아주 좋은 사람이다. 사고가 저녁 어둠을 헤매듯 잠 속에서 오락가락한다.

적은, 바로 나다.

멀어져 가는 의식 속에서, 그렇게 확신했다. 잠은 숨처럼 나를 천천히 옭아매고, 나의 생기를 빨아들였다. 블랙 아웃.

잠 속에서 몇 번이나 그가 건 전화벨 소리를 들었다.

잠에서 깨어났을 때, 방은 부연 어둠에 싸여 있었다. 들어 올린 내 손의 윤곽이 희미하고 어둡게 보여, 벌써 저녁땐가 보네 하고 생각했다.

세탁기 소리는 물론 멈췄고, 방 안은 고요했다. 머리는 띵하고 온몸은 쑤시고 관절은 아팠다. 시계가 5시를 가리키고 있었다. 배가 너무 고파서, 냉장고에 있는 오렌지를 먹어야지, 아 참 푸딩도 있었지, 하고 생각하며 일어나 바닥에 떨어져 있는 옷을 걸쳤다.

정말, 정말 고요했다. 온 세상에 나 혼자만 살아남아 있는 듯한 고요함이었다. 뭐라 형용할 수 없는 묘한 기분으로 불을 켜고 창밖을 내다봤을 때――우편함에 신문을 집어넣는 신문 배달 소년과, 사방에는 불 켜진 집 하나 없고 동쪽 하늘이 오렌지색으로 물들어 있는 것을 보았을 때야 나는 알았다.

"새벽 5시였네."

그렇게 중얼거리는 내 목소리가 가칠했다. 나는 겁이 났다. 대체 시계는 몇 번이나 원을 그렸을까. 지금은 몇 월 며칠일까. 후다닥 현관문을 열고 계단을 뛰어 내려가 우편함에 들어 있는 신문을 꺼내 펼쳤다. 아아, 다행이다, 하룻밤만 지났어, 하고 나는 안심했다. 하지만 오랜 시간 잔 것만은 분명했다. 몸이 조금씩 이상해지는 것을 느낄 수 있었다. 현기증이 났다. 온 거리에는 새벽의 파르스름한 빛이 떠돌고, 가로등 빛은 투명했다. 방으로 돌아가기가 정말 무서웠다. 다시 또 잠들 것 같아서——차라리, 자는 데까지 자볼까 싶은 생각도 들었다. 달리 방법이 없다는 기분도 들었다.

나는 별 생각 없이 그대로 걸어 나갔다.

하늘은 아직 어둡고, 싸늘한 공기는 충만한 여름 냄새로 숨이 막힐 듯했다. 길에는 조깅을 하는 사람, 새벽에 돌아오는 사람, 강아지를 데리고 산책하는 사람, 그리고 노인들뿐이었다. 목적 있는 그런 사람들에 비해 집에서 하고 있던 차림 그대로 나와 어슬렁거리는 나는 새벽 어둠 속을 헤매는 망령처럼 보였으리라.

딱히 갈 곳도 없어서 공원 쪽으로 걸었다. 아파트 뒤, 주택가 틈바구니에 낀 아주 조그만 공원. 시오리와 밤을 새우고서 곧잘 산책하러 갔던 곳이다. 벤치와 모래 놀이터와 그네밖에 없다. 낡아빠진 나무 벤치에 앉아서 나는 실업자처럼 머리를 감싸 쥐었다. 배에서 꼬르륵꼬르륵 소리가 났지만, 뭘 어떻게 해야 좋을지 알 수 없었다. 내가 대체 어떻게 된 거지, 하고 생각했다. 내 의지로는 도저히 어떻게 할 수 없는 곳에 와버린 듯한 기분이었다. 그리고 그런 한편 잠이 쏟아져 더 이상은 아무 생각도 할 수 없었다.

안개가 피어올랐다. 모래 놀이터에 있는 알록달록한 동물 상이 부옇게 보였다. 공원에는 촉촉한 나무 냄새와 흙냄새가 가득했다. 나는 머리를 감싸 쥔 채 자꾸만 내려오는 눈꺼풀과 씨름하면서 치마의 무늬를 보고 있었다.

"어디 불편하세요?"

귓가에서 여자의 목소리가 들렸다. 그 순간, 너무 창피해서 정말 어디가 아픈 척하려다가, 일이 커지면 성가실 것 같아 고개를 들었다. 청바지를 입은 여고생 정도의 여자가 옆에 앉아 나를 들여다보고 있었다. 수정처럼 맑고 커다란 눈동자가 아주 먼 데를 보고 있는 것처럼 신비로웠다.

"아, 괜찮아. 잠이 좀 와서 그랬어."

나는 말했다.

"안색이 안 좋은데요."

그녀가 걱정스럽다는 투로 말했다.

"괜찮아. 고마워."

나는 미소 지었다. 그녀도 미소 지었다. 나뭇잎들이 사락사락 흔들리고, 싱그러운 향이 코끝을 스쳤다. 그녀가 옆에 앉은 채 움직이지 않아 나도 일어서지 못하고 마냥 앞을 보고 있었다. 그녀는 주위와 어울리지 않는 묘한 분위기를 풍겼다. 길고 찰랑찰랑한 머리를 어깨에 드리운, 아주 예쁜 여자애인데 어딘가 모르게 정상이 아닌 듯한 인상이었다. 나는 혹시 머리가 좀 이상한 사람이 아닐까 하고 생각했다. 그래도 사람과 함께 있다 보니 마음이 조금씩 누그러졌다.

그래, 시오리하고 여기 앉아서 그네를 쳐다보곤 했는데, 하고 생각했다. 밤새워 비디오를 보고 흥분해서 잠 못 자는 아침, 편의점에서 뜨거운 녹차와 주먹밥을 사서 여기서 먹곤 했다. 하필이면 시오리는 내가 제일 싫어하는 참치 주먹밥을 제일 좋아해서……

"지금 당장 역으로 가세요."

갑작스러운 목소리에 나는 어리둥절했다. 또 졸고 있었던 것이다. 옆을 보자 그녀가 몹시 긴장한 표정을 짓고 있었다. 찌푸린 눈썹에는 그늘이 지고, 목소리의 톤도 아까와는 전혀 다르게 낮고 단호했다.

"뭐? 역……."

나는 뭐라 대답할 말이 없었다. 역시 좀 이상한 애였어, 나는 겁이 났다. 그녀가 일어나 내 바로 앞에 서서 똑바로 나를 쳐다보았다. 정말 묘한 눈이었다. 나를 쳐다보고 있는데, 초점은 먼 곳에 맺혀 있는 눈길이었다. 나는 그 눈동자에 홀려 아무 말도 할 수 없었다. 그녀가 말을 이었다.

"그리고, 아르바이트 정보지를 사요. 거기서 아주 잠깐이라도 상관없으니까, 아르바이트를 찾아요. 마네킹이든, 쇼 컴패니언이든 괜찮아요. 사무직은 안 돼요,

또 잘 테니까. 아무튼 서서 손과 발을 움직이는 일을. 그렇게 해요. 그냥 보고 있을 수가 없네요. 이대로 가다가 당신이 돌이킬 수 없게 될까 봐, 두려워요.”

나는 잠자코 듣고 있을 수밖에 없었다. 어느 모로 보나 나보다 나이가 어릴 그녀가, 훨씬 어른스러워 보였다. 하는 말도 내 마음을 꿰뚫어 보고 있는 것 같아 기분이 언짢았다. 그녀는 심각했지만 화가 난 말투는 아니었다. 그 태도를 뭐라 표현하면 좋을까. 답답해서 못 견디겠다는 듯이, 필사적으로 말을 늘어놓는다.

“……왜?”

나는 중얼거렸다.

“아마, 다시 만날 일은 없겠죠. 당신이 지금, 내게서 아주 가까운 곳에 있기 때문에 만난 건지도 몰라요. 괜히 아르바이트를 하라고 권하는 게 아니에요. 사실은 마음이 지쳐 있는 거죠. 그런 사람, 당신 말고도 아주 많아요. 하지만, 유독 당신만 나 때문에 지쳐 있는 것 같아서…… 그래 보여서…… 미안해요, 미안해요, 내가 누구인지, 당신 알죠?”

그녀는 똑바로 나를 쳐다보고서, 주문처럼 물었다.

“너는…….”

라고 말한 내 목소리가 크게 울려서, 퍼뜩 눈을 떴다. 눈앞에는 아무도 없고, 시야를 부옇게 흐리는 차가운

안개가 공원 가득 떠다니고 있을 뿐이었다.

꿈이었나.

나는 석연치 않은 기분으로 벤치에서 일어나 휘청휘청 공원을 걸어 나왔다. 잠시 역으로 가볼까 하고 망설였지만, 나는 그렇게 순순한 성격은 아니었다. 아무리 꿈이지만 그런 꿈을 꾼 나 자신이 마음에 안 들어서 집으로 돌아가 자버렸다. 나는 거의 자포자기한 상태였다.

눈을 떴을 때의 기분은 최악이었다.

배는 고프고 온몸은 욱신거리고 목은 타들어가고, 미라가 된 것 같은 기분이었다. 과연 머리는 개운해졌는데 몸이 나른해서 일어날 수가 없었다. 더구나 비까지 내리고 있었다.

한낮인데 방 안은 어둑어둑하고, 좍좍 빗소리가 울렸다. 음악을 틀어놓고 싶은 마음도 없어 그대로 누운 채 빗소리를 듣고 있으려니, 소리 없는 방에 있었던 시오리가 떠올랐다. 푹신푹신한 침대에서 잠을 이루지 못해 해먹에 누워 흔들리며 자던 시오리를.

견딜 수 없도록 슬픔이 밀려왔을 때, 전화벨이 울렸다. 그의 전화가 아니라는 것을 알고 있었지만, 모처럼 깨어 있어서 받기로 했다.

대학 시절 친구였다. 그녀가 일하는 회사에서 다음 주에 전시회를 여는데, 일주일 동안만 아르바이트를 하지 않겠느냐는 전화였다. 종종 어기저기서 그런 전화가 걸려 온다.

거의 싫다고 거절할 뻔했다. 그런데 나는 무슨 까닭인지, "좋아."라고 말해 버렸다. 우연의 일치가 두려웠는지도 모르겠다. 말한 순간 후회가 막심했지만 어쩔 수 없었다. 친구는 기뻐하면서 집합 장소와 일의 내용을 줄줄이 늘어놓았다. 나는 포기하고 받아 적었다.

잠은 여전히 물러가지 않았다.

아침 일찍 일어나 준비를 하고 집을 나선다. 집에서 내내 전화만 기다리던 내게는 그렇게 간단한 일이 상당한 고통이었다. 고작 사흘 연수를 받고 고작 사흘 일하면 그만인데, 힘들어서 견딜 수가 없었다. 무슨 일을 해도 잠이 쏟아져 녹아버릴 것 같았고, 비슷한 나이의 여자들이 섞여 있다는 것도, 한꺼번에 많은 것을 기억해야 되는 것도, 설명문을 외워야 하는 것도, 서서 일하는 것도, 악몽처럼 힘겨웠다. 아무것도 생각할 여유가 없었다. 거절하지 못한 것을 얼마나 후회했는지 모른다.

그런 한편 나는 아주 짧은 시간에 자신의 많은 것들

이 얼마나 많이 퇴화했는지 알게 되었다. 일 따위는 늘 싫어했고, 애당초 아르바이트 같은 것 대충 하면 그만이라는 마음에는 전혀 변화가 없었지만, 아니 그런 게 아니고…… 뭐랄까, 나의 중심 같은 것, 언제든 새로이 일을 시작할 수 있다는 희망이나 기대감 같은 것……. 뭐라 표현하지 못하겠다. 하지만 나도 모르게 내던져 버린 것, 시오리 역시 자신도 모르게 방기해 버린 것, 아마도 그것이리라. 운만 좋으면 그런대로 내내 살아갔을 테지만, 그것을 견디기에 시오리는 너무나 약했다. 흐름도 그녀를 송두리째 삼켜버릴 만큼 강했고.

그렇다고 무슨 목표가 생긴 것은 아니다. 하지만 억지로나마 아침 7시에 일어나 서둘러 집을 나서서 하루 종일 졸린 마음과 육체를 놀리는 괴로움은 방에서 잠만 자는 괴로움보다 한층 생생했다. 나는 너무 피곤한 나머지 말도 제대로 할 수 없어 그가 건 전화도 세 번에 한 번꼴밖에 받지 못했지만, 그런 것조차 개의치 않을 정도로 지쳐 있었다. 이 일주일이 다 지나가면 다시 잠만 자는 여자로 돌아갈지도 모른다고 생각하면 눈앞이 캄캄해질 정도로 끔찍했지만, 애써 생각하지 않으려 했다. 심지어 그를 생각하지 않는 시간도 있었다. 거짓말 같았다. 그리고 그렇게 힘겨운 시간을 보내면서, 그 폭력에 가까운 비정상적인 잠이 조금씩, 정말이지 아주 조금씩 몸에서 물러 나가는 것을 느낄 수 있었다. 다리는 퉁퉁 부어오르고, 방은 너저분하고, 눈 밑은 거뭇거뭇해졌다. 돈이 필요한 것도 아닌데, 목적 없는 노동이라서 오로지 힘만 들었다.

그런데도 나를 버티게 해준 것은 그 새벽녘, 공원에서 꾼 꿈이었다. 아침 7시, 자명종 시계와 오디오가 동시에 내지르는 비명 속에서, 아아 지겨워, 잠이나 죽도록 자고 싶은데, 아아 다 때려치워…… 하고 생각할 때마다 그 새벽이 떠오르면서 왠지 모르게 그녀를 저버린 듯한 기분이 들고, 그래서 그만둘 수 없었다. 소심하고 인내심도 없는 내가 꽤 버텼다고 생각한다. 하지만 그 눈동자…… 슬픔만 가득했던, 아주 먼 그 눈동자를, 도저히 잊을 수 없었다.

그렇다, 그를 처음 만난 곳도 아르바이트를 하던 곳이었다.

제법 규모가 큰 디자인 사무실 비슷한 그곳은 대형 빌딩 속에 널찍한 한 층을 차지하고, 온갖 부서가 있었다. 실제로는 무슨 일을 하는 회사인지 잘 몰랐지만, 아무튼 나는 전화를 받고 자료를 입력하고 복사를 하는 등등의 심부름을 했다. 나 같은 아르바이트생이 열 명도 넘었다.

나는 미국 연수를 떠난 사촌을 대신해 석 달 동안 그 곳에서 일하면서 일부러 바보짓만 했다. 그렇다고 내가 영리하고 민첩하다는 것은 아니지만, 그런 곳에서 열심히 일해 봐야 일거리가 늘어 힘들 뿐이라는 것은 알고 있었기에 대충대충 한 것이다. 단순 잡무를 하는 아르바이트생이 바빠지는 것만큼 허망한 일도 없다. 나는 자신의 회로를 삼 분의 일 정도만 열어놓고 일했다. 덕분에 지각에 실수에, 자료를 한 줄씩 밀리게 입력하는가 하면 하얀 종이를 팩스로 보내기도 했다. 일부러 그런 것은 아니지만 사흘에 한 번쯤 그런 실수를 했더니 아무도 내게 어려운 부탁을 하지 않아 일이 한결 편해졌다.

그러던 어느 일요일이었다. 쉬는 날이었는데 나는 내가 저지른 실수를 보충하기 위해 회사에 나와 있었다. 넓고 조용한 사무실에서 혼자 느긋하게 자료를 입력하는데, 불현듯 정체 모를 불안이 엄습했다.

그것은 두 달 이상이나 바보짓만 하다 보니까 정말 바보가 된 것은 아닐까, 앞으로도 이런 식으로 일을 계속하는 것은 아닐까 싶은 기분이었다. 큰 의미는 없는 불안이었지만, 생각한 그 당시에는 꽤 심각했다. 파란 모니터 화면을 보면서 점점 그런 기분이 강해졌다. 능력을 감추고 있을 뿐이라는 생각도 했지만, 어쩌면 사무가 내 적성에 전혀 안 맞는지도 모르겠다는 생각이 꾸물꾸물 피어올랐다. 말도 안 돼, 하고 생각하면서 해보고 싶은 유혹에 사로잡혔다. 마침 사내에는 아무도 없었다. 좋아, 어디 해보지 뭐, 하고 생각했다. 지금 돌이켜보면, 그때만 해도 젊었다. 나는 책상 위에 있는 자료를 신나게 입력했다. 나는 내 두 손이 마음만 먹으면 이렇게 빨리, 이렇게 정확하게 일할 수 있다는 것을 오랜만에 만끽했다. 실수한 부분은 금방 수정되었다. 신이 난 나는 콧노래를 흥얼거리면서 밀린 서류를 작성하기 위해 키보드를 두드리기 시작했다. 왼손을 쓰라고 강요당했던 사람이 오른손을 써도 좋다고 허락받은 기세였다. 나름대로 스트레스를 받은 모양이었다. 출력되어 나온 아름다운 서류가 반가웠다. 마음먹고 하니까 복사도 금방 잘됐다. 나는 남의 잡무까지 다 해치우고 말았다.

두 시간쯤 일하자 모두 다 끝났다. 후 하고 한숨을 내쉬면서 일어섰는데, 휑한 실내의 제일 구석 책상에 조용히 앉아 있는 그가 보였다. 깜짝 놀랐다. 정말, 몰랐었다. 직속 상사는 아니지만, 종종 일을 거들러 가는 부서의 사람이라서 대충대충 하는 나의 습성을 잘 알고 있었다. 나는 아차 싶었다. 그는 내가 언제 알아챌지 기다리고 있었다는 듯이 싱글싱글 웃고 있었다.

“계셨어요?”
“……하면 잘한다고 말할 필요도 없을 것 같은데.”
그는 그렇게 말하고서 하하하, 웃기만 했다.

그리고 우리는 커피를 마시러 갔다. 빌딩 바로 건너
에 있는 조그만 찻집이었다. 벌써 저녁에 가까운 시간,
찻집에서는 우리 외에 휴일을 즐기는 몇 쌍의 커플이
조용조용 얘기하고 있었다.
“자네 아까 말이야, 평소의 자네를 두 배로 돌린 것
같았어. 왜 평소에는 그렇게 일하지 않지?”
그가 물었다. 받아넘길 말을 여러 가지로 생각했지만
결국은
“아르바이트니까.”
라는 말밖에 나오지 않았다.
“알 것 같군.”
그는 그렇게 말하고는 또 잠시 웃었다. 낮은 목소리
로 말할 때의 그 청결한 울림이며 반듯한 동작 하나하
나에 나는 그저 놀라고 있었다. 지금까지 그를 관심 있
게 살펴본 적이 없었던 것이다. 그리고 왼손에 반지를
끼고 있다는 것도 알았지만 못 본 척 커피만 마셨다.
실은 그가 결혼한 유부남이란 사실에 실망하고 있었으
면서.

다리를 바꿔 앉느라 테이블에 놓인 잔 받침에 탁 부딪쳤을 때, 그는 필요 이상으로 미안해하며 몇 번이나 "앗 이거 실례, 정말 미안하군."이라고 말했다.

나는 그런 예의 바름에 몹시 약하다. 그런 사람은 타인에게 절대 나쁜 짓을 하지 않을 것 같다. 아니, 사람을 봐가며 나쁜 짓을 할 것 같다.

별로 긴장한 것도 아닌데 우리 둘은 거의 말을 하지 않았다. 그의 옆얼굴은 아주 단정하면서도 묘한 분위기를 띠고 있었다. 그가 간혹 내게 말을 걸면 나는 고개를 끄덕이면서 들었다. 그러면서 그 사람이 내 인생에서 많은 시간을 앗아갈 사람이란 것을 직감했다. 저녁때인데 아침 같아서였는지도 모르겠다. 잠이 덜 깬 두 사람이 별말 없이 테이블에 마주 앉아 있는 장면과 비슷했다. 나는 그때, 앞으로 우리 둘 사이에 생길지도 모르는 달콤한 일들을 그런 식으로 상상하고 있었는데, 어째서인가 모든 이미지가 겨울이었다. 김이 모락모락 피어오르는 하얀 방이며, 코트를 입고 걸어가는 두 사람, 겨울나무들, 그런 장면만 보였다. 그래서 한없이 서글펐다.

영원처럼 길었던 일주일이 그럭저럭 지났다. 마지막 날, 일을 끝내고 집으로 돌아와 옷을 벗어던지고, 급료 봉투를 바닥에 내동댕이치고 키들키들 웃고 있는데 전화벨이 울렸다.

"여보세요, 나야."

그가 말했다. 그리운 목소리였다.

"오랜만이네."

"자고 있었어?"

"아니, 있지 나, 급료 봉투 보면서 웃고 있었어. 아, 피곤하다."

"뭐라고, 아르바이트했었어? 이상한 사람이군."

"그냥, 심심풀이 삼아서."

나는 말했다. 온 방에 어질러져 있는 옷가지들을 정리하고 오늘 밤은 마음껏 자리라고 생각했다. 머리는 맑은데, 몸은 너덜너덜했다. 하루 밤낮을 잠에 빠진다 해도, 지금은 무섭지 않다.

"웬일로 기운차네, 처음 만났을 때처럼."

그까지 덩달아 신 난다는 듯이 그렇게 말했다.

"참 그런데."

벗겨진 매니큐어를 지우면서 나는 말했다.

"혹시 부인하고 처음 만난 거, 고등학생 때 아냐? 그리고 당신 부인, 머리가 길지?"

"……뭐야? 아르바이트하면, 초능력도 생기나? 그래 맞아. 열여덟 살 때였어."

그는 수상하다는 듯이 그렇게 대답했다.

"……역시."

그렇게 말한 내 눈에 갑자기 눈물이 고였다. 나 자신도 이유를 알 수 없는 눈물이었다. 그건 그렇고, 하면서 불꽃놀이와 장어구이 이벤트를 위해 약속 장소를 알려주는 그의 목소리를 들으면서 메모를 적는 손도, 방 안도, 뜨거운 것이 번져서 부옇게 밝게 빛나 보였다.

강가로 가는 넓은 도로는 벌써 차량 통행이 금지되어 있었다. 길을 가득 메운 사람들이 강 쪽으로, 불꽃놀이 장소로 걸어가고 있었다. 유카타를 입고, 어린애를 목에 태우고, 웃고 떠들면서 몇 번이나 하늘을 올려다보고, 마치 동네 축제라도 벌어진 것처럼 한 방향으로 흐르고 있었다. 이런 광경을 본 일이 없어서 왠지 마음이 급했다. 올려다보는 하늘에서 언제 폭죽이 터질까 하는 기대감에 부푼 사람들의 얼굴이 한결같이 밝아 보였다.

"야, 이거 강까지 가기는 힘들겠는데. 저것 좀 봐, 꽉 찼어."

실망한 투로 말하는 그의 땀이 돋은 옆얼굴을 올려다본다.

"상관없어, 조금은 보이겠지 뭐."

나는 말했다.

"높은 데가 아니면 잘 안 보일걸."

"괜찮아, 소리만 들어도 되잖아."

까치발을 딛고 앞쪽을 내다보자, 다리를 건너려는 사람들이 긴 행렬을 짓고 있었다. 짙은 파랑으로 물든 밤하늘이 유난히 넓게 느껴졌다. 어둠 속에 경찰들이 서 있고, 사람들은 로프에 밀리듯 앞으로 나아가는데 우리는 행렬 바로 앞에서 걸음을 멈췄다.

중요한 것은 불꽃놀이가 아니라, 이 밤, 한 장소에서 둘이 함께 하늘을 올려다보는 것. 팔짱을 끼고, 주변에 있는 사람들과 같은 쪽으로 얼굴을 향하고 폭죽이 터지는 굉음을 듣는 것이었다. 흥분한 주위 사람들을 따라 나도 가슴이 설레었다. 정말 불꽃놀이가 보고 싶은 듯 기다림에 찬 그의 옆얼굴도 어쩐지 젊어 보였다.

내 안에서도 알게 모르게 활기찬 기분이 되살아난 듯하다. 그것이 친구를 잃고, 일상에 지친 내 마음이 체험한 자잘한 파도, 조그만 소생의 이야기에 지나지 않는다 해도, 역시 사람은 대단한 것이라고 생각한다. 과거에 이런 일이 있었는지는 잊었지만, 혼자서 자신 안의 어둠과 마주했더니, 깊은 곳에서 너덜너덜하도록 상처 입고 지쳐버렸더니, 불현듯 강함이 고개를 쳐든 것이다.

나는 아무것도 변하지 않았고 우리 둘의 관계도 전혀

변함이 없지만, 이렇게 잔파도를 몇 번이나 넘기면서 오래도록 그와 함께하고 싶다는 생각이 들었다. 지금은 일단, 가장 싫은 것을 넘겼다고 생각한다. 그것이 무엇인지는 정확하게 모르겠지만, 그런 기분이 든다. 그래서 지금이라면 다른 사람을 좋아할 수도 있을 것 같다.

하지만, 아마 그러지는 않으리라. 나는 지금 내 옆에 있는 키 큰 이 사람과 생기발랄한 연애를 다시 하고 싶다. 내가 아주 좋아하는 사람과. 이 가녀린 팔, 약한 마음 그대로 모든 것을 껴안고 싶다. 앞으로 다가올 잡다하고 무수한 일들을 모두, 내 불확실한 전신으로 어떻게든 받아들이고 싶다.

아아, 방금 잠에서 깨어난 것처럼, 모든 것이 소름 끼치도록 투명하고 아름답게 보인다. 정말, 아름다웠다. 밤을 지새우는 많은 사람들도, 상가에 줄줄이 켜진 초롱의 불빛도, 서늘한 바람 속에 서서, 이제나저제나 하고 하늘을 올려다보는 그의 이마 선도.

그런 생각을 하자, 모든 것이 너무도 완벽해서 눈물이 쏟아질 것 같았다. 돌아보는 풍경 속, 눈에 보이는 모든 것이 사랑스럽고, 아아, 지금 여기서 눈뜨기를 정말 잘했다. 평소에는 자동차들만 가득한 이 길이 이렇게 넓은 공터가 되었고, 그 한가운데 둘이 서서 폭죽이 터지기를 기다리고, 장어구이를 먹고, 함께 잘 수 있는 오늘 밤을, 이렇게 또렷한 정신으로 볼 수 있어서 기뻤다.

마치 기도하는 기분이었다.
이 세상 모든 사람들에게 고루 편안한 잠이 내리기를.

드디어 하늘에서 굉음이 울리고, 거대한 빌딩 뒤로 힐긋 모습을 보인 절반뿐인 불꽃이 마치 투명한 무늬처럼 하늘을 수놓았다.
"앗, 봤어? 지금, 살짝 보였는데!"
"응, 봤어. 조그맣고 귀엽더라. 레이스 잔 받침처럼."
나는 말했다. 맑은 밤하늘에 불쑥 솟아오른 조그만 빛의 다발이 폭죽이라 믿어지지 않을 만큼 멀리 보였다.
"정말, 미니 불꽃놀이 같다."
그가 고개를 든 채로 대답했다. 연이어 폭죽이 밤하늘로 치솟자 환성이 터지고, 조금 늦게 큰 소리가 울려 퍼졌다. 사람들은 여전히 강 쪽으로 흐르면서 우리를 앞질렀지만, 우리는 그 자리에 선 채 밤하늘을 올려다 보았다. 가끔가다 빌딩 뒤로 보이는 조그만 불꽃이 마음에 들어, 팔짱을 꼭 낀 채 두근거리는 가슴으로 다음 불꽃을 기다렸다.

밤과 밤의 나그네

My Dear, SARAH

It was spring when I went to see my brother off.

When we arrived at the airport his girlfriends who were dressed in beautiful colors waited for him.

Oh, I was sorry, in these days he had many lady loves.

The sky was fair…….

그 해묵은 초벌 편지가 서랍에서 나왔을 때, 나는 북받치는 그리움에 잠시 정리하던 손길을 멈췄다. 그리고 혼자 중얼거리듯 몇 번이나 그 영문을 읽었다.

그것은 내가, 일 년 전에 죽은 오빠 요시히로가 고등

학생 때 사귀었던 유학생 사라에게 보낸 편지였다. 사라가 보스턴으로 돌아가자 오빠는 "외국에서 살아보고 싶다."면서 그녀를 쫓아 훌쩍 떠나고 말았다. 그러고는 아르바이트를 하고 놀면서 일 년 가까이 돌아오지 않았다.

……읽는 내 머릿속에 당시의 상황이 잇따라 떠올랐다. 불쑥 보스턴에 나타난 오빠가 집에는 연락도 제대로 하지 않자 걱정이 된 사라가 오빠의 근황을 알려주려고 내게 편지를 보내주었다. 상황이 어떻게 돌아가는지는 안중에도 없었던 여고생이 친절하고 예쁜 아메리칸 걸에게 사전을 찾아가면서 설레는 마음으로 쓴 답장이었다. 사라는 지적인 파란 눈동자를 가진 아주 귀여운 여자였다. 일본 것이면 무엇이든 좋아하고, 늘 오빠를 따라 걸었다. 그리고 요시히로, 요시히로라고 부르는 목소리에는 애틋한 사랑이 넘쳤다.

사라.

"영어, 잘 모르는 거 있으면 사라한테 물어봐."

오빠는 내 방문을 뭐 열고는, 그렇게 어중간한 말로 그녀를 처음 소개했다. 사라는 그때, 우리 동네 신사에서 여름 축제를 구경하고 돌아가는 길이었다. 나는 마침 책상에 들러붙어 여름 방학 숙제에 한참 열을 올리고 있었다. 그래도 기회다 싶어서 영작문을 해달라고 부탁했다. 사라가 거들고 싶어 안달하는 눈치여서 거절하기가 안쓰러웠던 것이다. 거짓말이 아니다. 나는 옛날부터 영어에는 자신이 있었다.

그럼 사라를 한 시간만 빌려주지, 그런 다음에 데려다 주면 되겠다. 오빠는 그렇게 말하고 거실로 나가 텔레비전을 봤다.

미안해요, 데이트 방해해서. 짧은 영어로 사과하는 내게 사라는 미소 지으며, 오케이, 오케이, 내가 하면 이런 숙제는 오 분이면 끝나, 시바미는 그동안 다른 과목 숙제를 하면 되잖아, 그렇게 고운 목소리로 유창하게 말했다. 음, 그러니까 이 숙제는 ‘나의 하루’란 제목으로 적당히 써주면 돼요. 너무 잘 쓰면 누가 해줬다는 거 들킬 수도 있으니까, 이 예문 수준으로 써줘요.

내가 열심히 설명하자,

시바미는 매일 몇 시에 일어나는데? 아침 식사는 일본식? 아니면 빵? 오후에는 뭐 하면서 지내는데?
라고 물으면서 순식간에 숙제를 끝내버렸다.

아아, 이렇게 예쁜 글씨로 쓴 걸 어떻게 제출해요, 내 지저분한 글씨로 다시 써야겠네요!

내가 레포트 용지를 보면서 말하자, 사라는 금발머리를 찰랑거리며 큰 소리로 웃었다.

그렇게 조금씩 마음을 열고 많은 애기를 나눴다. 방

울벌레 소리가 들리는, 시원한 밤이었다. 사라는 내 방 바닥에 놓인 앉은뱅이 상에 턱을 괴고 숙제를 했다. 그 것은 내 방 전체가 환하게 밝아지는 듯한 신비로운 색 채의 세계였다. 금빛과 파랑. 하얗고 속이 비칠 듯 투 명한 피부. 똑바로 쳐다보며 고개를 끄덕이는 뾰족한 턱 선.

이거 흑선(黑船)이네, 하고 나는 생각했다. 그녀는 홀 연 내 방에 나타났고, 외국 사람과 그렇게 가까이서 얘 기를 나누기는 처음이었다. 바람을 타고 축제의 음악 소리가 들려왔다. 하늘은 검고, 먼 하늘에 둥그런 달이 둥실 떠 있었다. 활짝 열린 창문으로 이따금 바람이 불 어 들었다.

"일본 재밌어요?"

"응, 아주. 친구도 많이 생겼어. 학교 친구. 그리고 요시히로 친구. 일본에서 지낸 이 일 년을 잊지 못할 거야."

"우리 오빠, 어디가 그렇게 마음에 드는데요?"

"요시히로는 거대한 에너지 덩어리 같은 사람이야, 눈을 뗄 수가 없어. 그냥 에너지가 넘치는 게 아니라, 내면에서 샘솟는, 메마르지 않는 무엇, 굉장히 지적인 느낌이야. 같이 있기만 해도 내가 점점 변할 것 같은 기분. 아주 자연스럽게, 아주 먼 데까지 갈 수 있을 것 같은 기분이 들어.”

“사라는 무슨 공부 하고 있는데요? 보스턴에는 언제 돌아가요?”

“일본 문화를 연구하고 있어. 일 년 후에 돌아갈 거고. ……요시히로와 헤어지기는 섭섭하지만, 우리 부모님도 일본을 좋아해서 종종 여행도 오고, 요시히로도 미국에 가보고 싶다고 하니까, 만날 수 있겠지. 지금은 일본어 공부하느라 정신이 하나도 없어. 하지만 공부는 어디까지나 취미지. 평생을 계속하겠지만, 난 역시 우리 엄마처럼 좋은 엄마가 되고 싶어. 그래서 난 일본 여성에게 관심이 많아. 미국 여자보다는 일본 여자에게 공감이 가는 부분이 더 많은 것 같아. 나는 미국인답지 않은 구석이 있으니까 말이야. 역시 비즈니스맨하고 결혼해서, 그래 우리 아빠처럼 국제적인 비즈니스맨하고. 그래서 밝고 반듯한 가정을 꾸리고 싶어.”

“오빠는, 국제적이 될 가능성은 있어도, 비즈니스맨이 될 가능성은 없는 것 같은데…….”

“하하하. 그래 맞아, 금방 해고당할 거야. 자기중심적으로 행동하다가.”

“하지만 아직 고등학생이잖아요. 앞으로 변할 수도 있고. 그런 일에 관심을 갖게 되면 되잖아요. 어디 한번 그렇게 되도록 해봐요.”

나는 어린애답게, 꿈보다 더 아득한 말을 하고 말았다. 그러나 사라 역시 그런 꿈을 꿀 정도로 아직은 어리고, 여유가 있었다. 앞날에 대한 두려움을 모르는 꼿꼿한 등줄기에. 후후, 하고 웃으며 사라는 꿈을 꾸듯 말했다. 사랑이 막 시작됐을 때의, 상대방밖에 보이지 않는, 무서운 것 없는 눈빛이었다. 꿈은 모두 이루어지고, 현실은 밀면 움직인다고 믿는 눈.

"정말, 요시히로하고 결혼하면 얼마나 멋질까. 일본에도 보스턴에도 집이 있으니까, 오갈 수도 있고. 정말 신날 텐데! 나는 일본을 좋아하고, 요시히로가 보스턴을 좋아할 수 있다면, 자기 나라가 두 개인 셈이잖아. 그리고 두 나라 말을 들으면서 자라날 아이들……! 가족끼리 여행하는 거야. 정말 멋지겠다."

그 편지는, 사라와의 만남 따위 먼먼 옛날 일이고, 거의 생각도 하지 않았고, 지금 어디서 뭘 하는지 소식 하나 모르는 일상 속에서 불쑥 튀어나왔다. 꺼낸 서랍 뒤의 어둠 속, 책상 한 귀퉁이에서 몸을 움츠리고 있었으니까. 내가, 서세 뭐지 싶어 끄집어내, 손가락으로 펼치자 마치 오랜 세월의 주술이 천천히 공기 속으로 풀려나가듯, 그렇게 모든 것이 시작되었는지도 모르겠다.

친애하는 사라에게.

봄에 오빠를 배웅했어요.

공항에 도착했더니 오빠와 꽃처럼 단장한 오빠의 여자 친구들이 기다리고 있었어요. 아 미안해요, 그때 오빠는 여자 친구가 아주 많았어요. 날씨는 화창하고, 오빠는 어디론가 떠난다는 기쁨에 들떠 있었고, 우리 모두도 그랬어요. 명랑하고 활기차고. 우리 모두 사라와 오빠의 사랑을 축복했어요. 이상한 일이지만, 오빠는 알게 모르게 사람들을 수긍하게 하는 힘이 있잖아요. 알고 있죠.

마침 벚꽃이 한창이라서, 반짝반짝 떨어지던 벚꽃이 기억에 남아 있어요.

오빠는 연락도 자주 안 하지만, 잘 있다는 뜻이겠죠. 재미있게 지내요. 일본에도 또 오고요.

다시 만날 날을 기다리고 있을게요.

시바미로부터.

소녀 시절에, 오빠와 사촌 언니 마리에와 셋이서 저녁 길을 걸은 적이 있다. 제사가 있어 친척들이 모였고, 따분한 우리는 그 자리를 빠져나와 정처없이 돌아다녔다.

친가 근처에 있는 강둑, 강 건너 먼 풍경이 저녁 어

둠에 싸이는 때였다. 하나 둘 켜진 가로등 빛이 강물에 비치고, 파란색으로 천천히 물들어가는 공기가 마치 눈에 보일 듯 떠올랐다. 하늘은 아직 희붐하게 밝은데, 모든 것이 알아보기 어렵고, 그리고 아름다웠다.

그전에 무슨 얘기를 했는지는 잘 기억나지 않는다. 하지만 오빠가 내게 이런 말은 했다.

"말이지 너는, 인생의 때라는 걸 너무 모른다니까."

아마도 내가, 사업가하고 결혼한 레이코 이모의 상복 입은 모습이 너무 예뻐서, 진짜 진주 목걸이가 너무도 마음에 들어서, 돈만 있으면 나도 그만큼 우아하게 보일 것 같아서, 나 사업가가 되든지 부자하고 결혼할 거야! 하고 큰소리를 쳤기 때문이리라.

"너, 그때쯤 되면 인생의 쓴맛 단맛 다 보고, 옷이든 진주든 지금만큼 예쁘게 보이지 않을걸. 문제는 그 찌든 때야. 그래서 한군데 머물러 있으면 안 된다는 거야. 항상, 항상 멀리를 보면서 살아야지."

"오빠는 항상 집에 있잖아."

나는 말했다.

"너 잘 알면서, 정말 심술궂다. 몸을 말하는 게 아니잖아. 게다가 우린 아직 어리니까 집에 있는 거지. 두고 봐, 어디든 갈 수 있게 될 거야."

오빠는 웃었다. 그때 마리에가 중얼거리듯 말했다.

“그래도 역시 나는 부자가 좋은데.”

“참 내, 사람 말을 전혀 안 듣네.”

오빠는 피식피식 웃었다.

“요시히로가 무슨 말을 하는 건지는 알겠어, 하지만 나는 부자랑 결혼하고 싶어. 여기저기 다니는 걸 그렇게 좋아하지도 않고, 헤어지고 싶지 않은 친구들도 많고…….”

그 무렵, 세 살 위인 마리에는 충분히 어른스러워 보였다. 그녀는 자기 생각을 늘 거리낌없이 말하곤 했으니까.

“나는 열렬한 연애를 하고 싶어.”

“뭐?”

오빠가 말했다.

“내가 지금하고 다른 인생을 걸을 것 같지는 않은걸 뭐. 그러니까 연애밖에 없잖아. 그래서 너덜너덜해지고 싶어. 어깨를 축 늘어뜨리고 시집을 가는 거야. 열렬한 연애는 비극으로 끝나기 마련이니까.”

마리에가 말했다.

“응, 공감이 간다.”

내가 말했다.

“이상한 여자애네.”

오빠가 말했다. 마리에는 미소 지으며

"그보다 요시히로가 빨리 부자가 되면 되잖아. 실연하고 요시히로한테 시집가게. 서로 성격도 아니까 안심할 수 있고 편하잖아."

그때 이미 여자의 관심을 끄는 소질을 갖고 있었던 것이리라. 오빠는 예쁜 사촌 누나가 그렇게 놀리는데도 쑥쓰러워하기는커녕

"그러네. 귀찮을 일도 없을 테고, 아주 좋겠는데."
라고 말했다.

"부모님들도 좋아할 테고."

"마리에 언니하고 같은 집에 살면 재밌겠다."

나는 말했다. 마리에는 미소를 띠고 고개를 끄덕였다.

"앞으로, 많은 일이 있겠지."

오빠가 혼자 중얼거리듯 말했다. 지금도 이상하다. 오빠는 그렇게 어린 나이에 어떻게 인생의 많은 것을 알았을까. 왜 늘 면밀하게 계획을 짜고, 한군데에 머물지 않고 앞으로 앞으로 나아가는 방법을 알고 있는 것처럼 보였을까.

오래도록 강가를 걸었다. 물소리가 콸콸 너무 크게 울려서, 오히려 고요한 느낌이었다. 그런데도 우리 셋은 큰 소리로 얘기했고, 그렇게 횡설수설하는 한마디 한마디에 무슨 큰 의미가 있는 듯이 여겨졌다.

강이 저 멀리까지 죽 이어져 있던 그 저녁의 풍경을

곧잘 떠올린다.

오빠가 죽은 지 벌써 일 년이다.

올 겨울에는 정말 눈이 많이 내린다. 그 탓일까. 밤에는 나다니지 않고 집 안에만 틀어박혀 지낸다. 나는 대학생이지만, 유급을 해서 추가 시험도 안 치른다. 그러니까 아무 할 일 없는 바람직한 상태인데, 별다른 이유 없이 스키를 타러 가자는 것도 온천에 가자는 것도 거절했다. 아마도 눈에 갇혀 있는 느낌이 좋아진 것이리라. 눈으로 뒤덮인 거리가 SF 같아 재밌다. 마치 모든 것이 정지된, 시간이 옹기종기 모여 있는 곳에 있는 것 같다.

지금도 눈이 내리고 있다. 소복소복 쌓인다. 엄마 아빠도 고양이도 벌써 잠들어, 집 안은 고요하기만 하다. 너무 고요해서 부엌에서 웅웅거리는 냉장고와, 깊은 밤의 거리를 지나가는 자동차 소리마저 희미하게 들렸다.

나는 책을 읽느라 온 정신을 집중하고 있었다. 그래서 한참이나 몰랐는데, 문득 고개를 들자 창문에 톡 톡 톡, 하고 유리창을 두드리는 하얀 손이 보였다. 그런 장면은 실내 공기를 괴담에서처럼 팽팽하게 긴장시킨다. 너무 놀란 나는 그저 멍하니 창문을 쳐다만 보았다.

"시바미!"

유리창 너머에서, 후후 웃는 소리와 함께 귀에 익은 마리에의 목소리가 울렸다. 나는 일어나 창가로 갔다. 창문을 열고 내려다보자, 눈사람 같은 마리에가 나를 올려다보며 웃었다.

"아이, 놀랐잖아."

나는 그렇게 말하면서도, 갑작스러운 마리에의 출현이 믿어지지 않아 꿈이라도 꾸는 기분이었다. 그녀는 석 달 전까지만 해도 이 집에서 살았다.

"더 놀라게 해줄까."

그녀가 자기 발을 가리켰다. 어둠 속, 창문으로 새는 불빛에 그녀의 맨발이 드러났다. 나는 비명을 질렀다. 그러는 동안에도 눈발 섞인 바람이 방 안으로 불어 들었다.

"빨리 들어와, 현관으로 돌아서."

내가 말하자 마리에는 고개를 끄덕이고는 마당 쪽으로 걸어갔다.

"언니, 대체 어떻게 된 거야?"

수건을 건네고 손도 조절기의 온도를 올리면서 물었다. 현관으로 들어온 그녀는 푹 젖은 데다, 손은 얼어붙을 듯 차가웠다.

그러나 당사자는 춥다고도 덥다고도 하지 않고, 발갛게 달아오른 볼로 말했다.

"아무렇지도 않아."

그러고는 젖은 양말을 벗고 앉아 발을 스토브에 갖다 댔다. 마리에를 잘 따랐던 고양이가 열린 문틈으로 들어와 그녀에게 몸을 부벼댔다. 그녀는 새장에 갇힌 새라서, 신고를 해야 현관 밖으로 나갈 수 있다. 아마도 창가에서 내리는 눈을 바라보다가 밖으로 나가고 싶어, 부모에게는 말도 안 하고 창문을 넘어 나온 것이리라. 그녀의 방은 다행히 1층이다. ……나는 고양이를 쓰다듬고 있는 마리에를 보면서 그렇게 상황을 가늠했다.

마리에가 일어서서

"커피 마실래?"

하고 내게 물었다. 내가 고개를 끄덕이자 문을 열고 살금살금 부엌으로 갔다. 고양이가 마리에가 앉았던 자리에 그대로 남아 몸을 동그랗게 구부리자, 그녀가 거기에 있었다는 사실이 점점 모호해지고 말았다. 그렇다, 같이 살 때도 마리에는 늘 그랬다. 거의 고양이 같은 자연스러움으로 집 안을 살금살금 걸어 다녔고, 그냥 놔두면 아무 말 않고 멍하니 있거나 잠을 자곤 했다. 기척이 없었다. 존재감이 옅었다.

하지만, 옛날에는 그렇지 않았다.

월요일에는 영어 회화, 화요일에는 수영, 수요일에는 다실, 목요일에는 꽃꽂이……. 그렇게 바삐 나다니는 사람이었다. 늘 활발하게 움직이면서 만사를 매끄럽게 해치우는 사람이었다. 그 무렵의 그녀는 그냥 있기만 해도 화사한 에너지를 발산했다. 굉장한 미인은 아니어도 다리가 길고 몸매가 날씬하고, 얼굴 생김 하나하나가 오목조목하고 또렷해서 청초한 인상을 풍겼다. 그런데 지금, 그저 차분하다는 인상밖에 없는 까닭은 잃어버린 마스카라와 립스틱 때문도 아니고, 스물다섯이란 나이 탓만도 아닌 것 같다.

아마도 마리에는 바깥세상에 대한 모든 반응을 정지시키고, 쉬고 있는 것이리라. 인생이 오직 괴롭기만 해서.

"자, 밀크 커피."

내가 그런 생각을 하며 멍하니 있는데, 마리에가 웃으면서 잔을 내밀었다.

"고마워."

나는 말했다. 마리에는 늘 마시는 짙은 블랙커피가 닦긴 잔을 한 손에 들고 미소 지었다.

"오늘 밤, 자고 갈 거야?"

나는 물었다. 마리에가 쓰던 방은 지금도 손님방으로 거의 손대지 않은 채 남아 있다. 하기야 거기에 머무는 동안 마리에는 책도 별로 읽지 않고 거의 외출도 하지 않고 음악도 듣지 않고, 그저 먹고 자는 생활을 했을 뿐이지만.

"아니, 갈 거야."

마리에는 고개를 저었다.

"들키면 귀찮잖아. 그냥 누구하고 얘기하고 싶어서, 이런 시간에도 시바미는 분명히 안 자고 있을 것 같아서 온 거야."

"그럼 내 신발 빌려줄게. 참, 얘기란 게 뭐야?"

나는 말했다.

"아무것도 아니야. 이제 됐어."

마리에는 말했다.

밤이 깊어서, 둘 다 목소리를 낮춰 속삭였다. 그래서 소복소복 눈 내리는 소리가 들리는 듯한 느낌이었다. 김 서린 창문 너머에서 눈이 어두운 밤을 배경으로 하얗게 너울거렸다. 모든 것이 부옇게 빛나 보였다.

"정말, 눈 엄청나게 온다."

나는 말했다.

"응, 오늘 밤에는 많이 쌓일 거 같아."

마리에는 별 상관 없다는 듯이 말했다. 한밤중에 맨발로 아스팔트 위를 걸어왔으면서 추위는 안중에도 없는지, 긴 머리칼을 늘어뜨리고, 조그맣고 동그란 입술이 박힌 옆얼굴로 담담하게 잡지를 보고 있었다.

마리에를 배웅하러 문까지 나갔다.

눈이 정말 눈앞에서 둥실둥실 춤추는 듯했다. 집 바로 앞에 있는 길도 어둠과 눈에 싸여 잘 보이지 않았다.

"만약, 내일 아침에, 내가 밤늦게 죽었다는 소식이 들리면 무섭겠지."

마리에가 웃으며 말했다.

"언니는, 무슨 끔찍한 소리야. 늦게까지 안 자고 있는 사람한테."

나는 큰 소리로 말했다. 하지만, 아까부터 지금의 상황을 그런 식으로 느끼고 있었다.

눈 내리는 늦은 밤에 맨발로 창문을 두드린다는 것.

"아 참, 나 어제 오랜만에 요시히로 꿈 꿨다!"

주머니에서 새빨간 장갑을 꺼내 끼면서 마리에는 말했다. 그녀에게는 지나치게 큰 내 신발이, 헐렁헐렁 벗겨질 것 같았다. 차가운 공기는 살을 에는데, 그 맑은 목소리가 밤 속으로 영롱하게 울렸다.

"정말 몇 달 만에 꿨어, 요시히로 꿈. 그 검은 재킷 입은 뒷모습이었어. 내가 길을 걷고 있는데, 앞에 길 가는 사람들에 섞여서 낯익은 모습이 있는 거야. 그래서 누구지, 누구였더라, 하고 일단 뒤따라가 봤지. 거리가 점점 가까워지면서, 답답할 정도로 가슴이 두근거리는 거야. 그 뒷모습이 얼마나 사랑스러운지. 왜인지는 모르겠지만, 사랑스럽다는 느낌이었어. 달려가 꼭 껴안고 깨물어주고 싶을 정도로. 그러다 어깨에 손을 얹으려는데, 불현듯 이름이 생각난 거야. 요시히로! 하고 부르는 내 목소리에 깨어났어. 거실 소파에서 자고 있었는데, 엄마가 불렀느냐면서 안방에서 나올 정도로 목소리가 컸나 봐. 무서운 꿈 꿨다고 했는데, 정말 무섭더라.”

그렇게 할 말을 하고, 마리에는 웃는 얼굴로 손을 흔들며 눈 쌓인 풍경 속으로 사라졌다.

오빠의 귀국이 갑자기 결정되었을 때, 국제 통화를 하면서 나는 이미 오빠가 사라와 헤어졌다는 것을 감지했다. 이유는 알 수 없었지만, 그 말투에서 직감할 수 있었다.

“여기서 더 이상 할 일이 없어서 나 그만 돌아갈 거야.”

오빠는 그렇게 말했다.

“마중 나갈까?”

나는 말했다. 학교 안 가고 나리타 공항에 가는 것도 평화롭고 괜찮을 것 같다는 생각이 들어서였다.

“시간 있으면 나와. 밥 사줄게.”

오빠는 말했다.

“밥은 됐고, 별 할 일도 없으니까. 그보다, 누구 데리고 나갈까? 오빠 미국 갈 때 배웅했던 여자 친구들이나.”

그러자 잡음에 섞여 오빠의 목소리가 들렸다.

“아니……. 마리에하고 같이 나와.”

마리에.

나는 잠시, 오빠가 말한 그 이름과 사촌 언니 마리에가 연결되지 않아 머뭇거렸다.

“마리에? 그 언니는 왜?”

“편지도 몇 번 받았고, 반년 전에 여기 한 번 왔었어. 사라하고 같이 식사도 했고. 그러니까 같이 가자고 해봐.”

나는 순간적으로, 오빠가 마리에를 좋아하고 있다는 것을 눈치 챘다. 오빠도 굳이 감추려 하지 않고, 당당하게 그 이름을 불렀다.

그랬다, 어렸을 때부터 오빠와 마리에 사이에는 그냥 내버려 둬도 서로를 매료하는 무엇이 있었다. 언젠가는 사랑에 빠지게 할 무엇이. 나이를 먹고 연애를 거듭하면서 점차 그 사람으로 표적이 좁혀지는.

나는 마리에에게 전화를 걸어, 나리타에 같이 갈래? 하고 물어보았다. 응, 하고 마리에는 대답했다. 나, 뉴욕에 갔다가 오는 길에 보스턴에 들렀었어.

"밤에 사라하고 셋이서 식사했어. 사라, 굉장히 많이 변했더라. 날씬하고, 어른스럽고, 말이 없고, 웃지도 않았어. 요시히로는 여기 있을 때처럼 명랑하고, 일본에서든 보스턴에서든 똑같다는 느낌이었는데, 사라에게도. 그런데 사라만 몹시 지쳐 있는 것 같았어. 이유는 나도 모르지. 그리고 두 사람 사이, 이젠 끝났다는 것만 느껴졌어. ……마음에 걸려서, 돌아와서 편지 보냈어. 그런데 그냥 평범한 내용밖에 없었어. 사라는 잘 있다, 사라는 좋은 사람이다. 일본이 그립다, 명란젓이 먹고 싶다. 이런 말밖에. 요시히로 정말 멋진 남자란 생각이 들었어. 정말. 보스턴의 깨끗한 밤공기 속에서, 나를 똑바로 쳐다보면서도, 지금 여자 친구 험담은 한 마디도 하지 않았어. 내가 자기한테 마음 있다는 거 잘 알면서도. 그래서 나, 여행에 들떠 있었던 거 반성했어. 마음도 조금은 후련해졌고. 그래서 미안하다는 엽서 보냈지. 요시히로, 정말 좋은 남자야."

결국 나는 내 남자 친구의 차를 타고 마리에와 함께 나리타 공항으로 갔다.

쌀쌀하고 아름다운 가을이었다. 투명한 햇살이 마치 유리창을 뚫고 쏟아져 내리는 듯한 오후였다. 비행기가 약간 연착을 했고, 그런 내용을 알리는 방송이 울린 후 드디어 승객들이 한두 명 나오기 시작했다.

마리에는 긴 머리를 하나로 꽉 묶은 모습이었다. 마음
도 꽉 묶은 머리만큼이나 긴장되는지, 안절부절못했다.
“왜 그래, 언니?”
나는 물었다.
“글쎄, 왜 그러지.”
마리에는 말했다. 파란색 스웨터, 베지이 색 타이트
스커트. 마치 여주인공처럼 단정한 옆모습으로 모니터
화면을 뚫어져라 쳐다보는 그녀의 모습이 로비의 하얀
바닥에 비쳤다. 주위에는 많은 사람들이 있는데, 어느
누구보다 그 공간에 확실하게 존재하는 것처럼 보였다.
오빠는 좀처럼 나오지 않는데, 사방에서는 재회의 장면
이 연출되기 시작했다. 줄지어 나오던 승객들도 어느덧
끊겨갔다. 나는 남자 친구와 손을 잡고 “꽤 늦네.”라고
말했지만, 사실은 승객들의 줄도 모니터도 아닌 마리에
를 보고 있었다. 모든 것을 배척해 버릴 듯 홀로 아름
다운 그 모습을 보고 있었다. 커다란 트렁크를 밀면서
드디어 오빠가 나왔을 때, 마리에는 사람들을 헤치며
꿈속을 걷듯 신비로운 속도로, 떠났을 때보다 다소 지
친 표정에 어른스러워진 오빠 곁으로 다가갔다.
“어이.”
오빠는 우리 모두를 보고는 한 손을 들고, 그다음
“오랜만이네, 마리에.”

라고 마리에를 똑바로 쳐다보면서 말했다. 마리에는 희미하게 미소 짓고는 여느 때보다 훨씬 어른스러운 목소리로

　“어서 와, 요시히로.”
라고 말했다. 로비의 떠들썩한 소리에 섞여 그 낮은 목소리가 내 귀에 닿았다.

　“둘이 연인 사이였어?”
　아무것도 모르는 내 남자 친구가 그렇게 물었다. 나는 어차피 앞으로 그렇게 될 건데 싶어서 고개를 끄덕였다. 마리에가 그동안 하고 싶은 말이 많이 쌓였다고 말했다. 오빠는, 그래 알았어, 하며 마리에의 어깨에 손을 둘렀다.

　“어젯밤에 혹시 마리에 오지 않았니?”
　아침을 먹으면서 엄마가 물었다.
　“어떻게 아는데?”
　나는 놀라서 말했다.
　“밤에 화장실에 가려고 일어났는데, 캄캄한 부엌에서 마리에가 커피를 끓이고 있잖아. 엄마, 잠이 덜 깨서 그 애가 이제 여기 살지 않는다는 것을 까맣게 잊어버리고, 아직 안 자니? 하고 물었지. 그랬더니, 네 이모, 하면서 웃기에 그냥 방으로 돌아와서 자버렸다. 그래,

역시 꿈이 아니었어.”

“응, 갑자기 왔어.”

나는 말했다. 맑게 갠 하늘에서 쏟아지는 햇살이 쌓인 눈에 반사되어 창밖은 눈이 부시도록 밝았다. 그런 풍경을 보면서, 아직도 잠이 덜 깬 듯한 답답한 기분이 들었다. 텔레비전은 아침 뉴스를 전하면서 집 안에 활기를 불어넣고, 엄마는 아빠를 일찌감치 회사에 보내고서 나와 함께 늦은 아침을 먹고 있었다.

“그쪽 집에서 뭐가 잘 안 되나.”

엄마가 말했다.

“그쪽 집이라니, 엄마, 마리에 언니 진짜 집이 거기야. 진짜 부모가 있는 곳이라고.”

나는 웃었다. 엄마가 하고 싶은 말이 무엇인지는 잘 알고 있었다.

“같이 사는 동안, 그 애가 정말 좋아졌지 뭐냐.”

엄마는 그렇게 말했다. 엄마는 이제 오빠에 대해서는 말하지 않는다. 그 대신 지난 일 년 동안 마리에를 사랑하고 소중히 여기면서 마음을 어르고 달랬다. 때로, 그런 아들을 낳아 기르고, 그리고 잃는다는 것은 어떤 환타지일까, 하고 생각한다. 전혀 상상이 안 되기 때문이다. 나는 그래, 하고 고개를 끄덕이고는 빵을 먹었다. 마리에는 집에 있을 때면 늘 엄마를 도와 집안일을 하고, 쇼핑을 가면 짐을 들어주곤 했다. 달리 할 일이 없는 그녀로서는 좋은 기분 전환이 되었으리라. 그리고 밥을 먹을 때면 "정말 맛있네요."라고 웃으며 말하고, 목욕탕 앞에서 마주치면 "먼저 해."라고 손을 내밀면서 애기하는 그녀의 예절 바름을 나도 충분히 느끼고 있었다. 하지만 그녀는 이 집에서 살아 있지 않았다. 그저 편안하게 동거하는 환상 같은 존재였다.

이 집에서 마리에가 살아 있는 존재로 생생하게 느껴지는 때는 그녀가 울 때뿐이었다. 후반에는 그런 일도 점차 없어졌지만, 이 집에 막 왔을 무렵에는, 밤에 커피를 끓이려고 부엌에 가다가도 손님방에서 새어 나오는 그녀의 훌쩍거리는 울음소리를 듣곤 했다. 한밤중에 어둠을 빌려 우는 흐느낌 소리는 장마철의 오랜 비처럼 마음을 적신다. 나 역시 당시에는 몹시 마음이 불안정했다. 그것은 세상의 끝에 있는 듯 허망한 기분이었다. 그리고 그 무렵 마리에는 집에 혼자 있을 때면 반드시 죽은 후에도 그대로 남아 있는 오빠 방에 숨어들었다. 밖에서 돌아와 마리에가 없다는 것을 알고 걱정스러워 2층에 올라가면, 반쯤 열려 있는 문 너머, 오빠의 색채로 가득한 방에서 몸을 웅크리고 울고 있었다. 목욕탕에서도 그랬다. 마리에가 나오면 들어가려고 목욕탕으로 가는 복도에 있다가, 목욕을 막 끝내고 나와 몸에서는 모락모락 김이 오르는데 빨갛게 충혈된 눈과 벌겋게 상기된 얼굴로 코를 훌쩍거리면서 걷는 그녀와 마주치곤 했다. 목욕물이 짜지지 않았을까……? 하고 생각하면서 목욕탕으로 들어가 뜨거운 수증기 속에 몸을 맡기면 나도 기분이 착잡했다.

눈물은 사람을 회복시킨다는데 정말일까.

그럭저럭 지내다가 마리에는 더 이상 울지 않게 되었고, 무사히 자기 집으로 돌아갔으니까.

"만나면, 다음에는 얘기할 수 있는 시간에 오라고 해, 응."

엄마가 말했다.

"알았어, 만나면 그렇게 전할게."

나는 그렇게 대답하고 자리에서 일어났다.

학교에 나가 몇 가지 리포트를 제출하고, 가끔은 사물함 정리도 해야지 싶어 사물함이 있는 곳에 가봤더니 편지가 붙어 있었다. 친구 겐이치가 붙어놓은 것이었다.

'돈 갚을게.

내일모레 낮에 전화해. 겐이치.'

그는 온갖 사람들에게서 돈을 빌리고는 학교에도 나타나지 않았다. 아예 모습을 감춰버린 것이다. 나는 그에게 전부 5만 엔을 빌려줬지만, 돌려받을 수 있으리란 기대는 전혀 하지 않았다. 오빠도 그런 사람이어서, 대충 알 수 있다. 그는 전부 합하면 꽤 거금을 끌어 모은 모양이었다. 다들 화를 내고 안달했지만, 나는 사고 싶은 옷을 보면 아아, 그 5만 엔만 있었으면…… 하고 생각은 해도, 어쩔 수 없는 일이거니 했다. 그는 착한 사람이었지만, 이 문제는 전혀 별개다. 착한데 돈까지 착실하게 갚는 사람이 있다면 그것도 골치 아픈 일이겠다고 생각했다. 그런데 웬일로 갚는다는 거지, 하고 고개를 갸웃하고는 그 편지를 접어 주머니에 넣고 눈이 남아 있는 교정을 가로질렀다.

"야, 시바미."

부르는 소리에 돌아보니, 다나카가 서 있었다. 그 역시 겐이치에게 돈을 빌려준 터라

"너, 겐이치가 돈 갚는다고 그러지 않든?"
이라고 물어보았다.

"야, 그 자식, 어쨌는 줄 알아. 난 3만 엔이나 꿔줬는데, 그 돈으로 여자하고 하와이에 갔대."

그는 진짜 화가 난 모양이었다.

"하와이?"

"그래. 그것도 여고생하고."

"우와. 그래서, 왔어?"

“내가 어떻게 알아.”

“그러니.”

마음에 드는 사람에게만 갚을 작정인가 보네, 하고 생각하면서 고개를 끄덕였다.

“그런데 왜? 너한테는 연락 있었어?”

다나카가 그렇게 물었지만 나는 고개를 저으며 아니라고 대답했다.

갚겠다는데 일을 복잡하게 만들고 싶지 않았다.

“……아 참, 나 요즘 너희 사촌 언니 종종 본다.”

“어디서?”

마리에와 다나카는 얼굴을 아는 사이다.

“어디라니……. 네거리에 아침까지 문 여는 데 있잖아, 거기하고 길거리에서도 보고, 데니스에서도 보고. 아, 그러니까 이 부근에서 주로 밤에.”

“밤에?”

나는 고개를 끄덕거렸다. 마리에는 어젯밤에만 배회한 것이 아니었다. 밤에 싸돌아다니면서 활기차게 노는 것이 아니라, 몽유병 같은 방황.

눈 내리는 밤, 내 방 창문의 불빛을 올려다보면서 어떤 기분이었을까. 밖이 어두우니까 실내가 밝고 하얗게 보였을까. 따뜻하게 보였을까.

그런 생각을 하자, 조금 슬펐다. 그래서 바로 다나카

와 헤어졌다.

아르바이트를 하고 돌아오는 길에, 마리에를 만날 수 있을까 싶어서 그 어두침침한 찻집에 들렀다. 가게 조명도 어둡지만 바로 앞에 묘지가 있어서 전체적으로 주위가 어둡다.

마리에는, 있었다. 나는 테이블에 턱을 괴고 있는 그녀에게 다가가, 언니, 하고 불렀다.

"어머, 마침 잘됐네."

마리에는 그렇게 말하고 옆에 있는 의자에 놓인 종이 봉투를 가리켰다.

"뭐가 마침 잘됐다는 거야?"

나는 마리에와 마주 앉아 그렇게 말했다.

"이 안에 너 구두 들어 있어."

"으응."

나는 웃었다.

"자."

마리에가 이세탄 백화점의 봉투를 내밀었다. 마리에는 분명 내 너저분했던 구두를 뽀송뽀송하게 말리고 반짝반짝하게 닦아서 예쁜 상자에 담아 봉투에 넣었으리라. 그런 품위 있는 배려는 모두 마리에가 잃어버린 과거의 습관에서 비롯되는 것이라고 생각하면서, 나는 망령을 보듯 사랑스러운 기분으로 그녀를 쳐다보았다.

“언니, 그럼 우리 집에 가려고 한 거야?”

나는 물었다.

“응. 창문에 불이 안 켜져 있어서 그냥 돌아가려고
했지.”

마리에는 말했다. 나는 진토닉을 주문하고 엄마의 말
을 전했다.

“엄마가 낮에 오래. 밤에 오면 꿈속 사람 같아서 재
미없다고.”

아하하, 하고 마리에는 웃었다.

“역시 그때 이모 잠이 덜 깼었나 보다. 이상한 소리
를 하기에 대충 받아넘겼는데.”

“엄마도 그러더라.”

나는 말했다. 그리고 잠시 아무 말 없이 술을 마셨
다. 마리에는 눈을 동그랗게 뜨고 창밖으로 흘러가는
자동차의 흐름을 보고 있었다. 많이 불행해 보이는 표
정은 아니었다. 하지만 소녀 시절의 그녀는 밤을 무서
워해서 절대 밤늦게까지 깨어 있지 않았다. 우리 집에
와서노 10시가 넘으면 자버렸다. 그런 생각을 하자 옛
날부터 잘 알고 있는데, 전혀 낯선 새것을 몸에 걸친
사람처럼 느껴졌다.

“사라 임신했었다는 거, 알아?”

갑자기 마리에가 물었다.

뭐? 하고 말해 놓고 나는 잠시 머릿속으로 사라와 임신이란 말을 더듬었다. 그리고 겨우
"아니, 전혀 몰랐는데."
"그러니, 나도 지금 갑자기 그 생각이 났어. 이렇게 어두운 곳에서 큰 소리로 음악이 흐르면, 자기도 모르게 잊어버렸던 많은 것이 생각나잖아. 그리고 저기, 저 테이블에 눈이 파란 아이가 앉아 있잖아. 그래서 지금쯤 사라는 어떻게 지내고 있을까 하고……."
"오빠 애였어?"
"그게 글쎄, 모르겠대, 아하하하."
마리에는 웃었다.
"사라, 오랫동안 양다리 걸치고 있었어. 보스턴에 있는 소꿉친구하고, 요시히로하고. 그런 일 많잖아? 지방에 살았던 남자가 학교와 고향 양쪽에 여자 친구가 있어서 어쩌고저쩌고 하는 얘기. 사라는 그게 국제적이었지만. 요시히로는 보스턴에 가서야 그 사실을 알았대. 결국 요시히로, 일본 사람이잖아. 언젠가는 일본으로 돌아가야 하니까, 자기가 물러난 모양이야. 그런데 사라는 말렸대. 마지막 반년 동안은 셋이서 지지고 볶았나 봐. 요시히로 그런 거 싫어해서 내내 피해 왔잖아, 하지만 외국이니까 피할 장소가 없었겠지. 달리 의지할 사람도 없고. 하지만 사라도 일본에 오자마자 요시히로

를 만나서 좋아하게 됐으니까, 정말 힘들었을 거야. 그 무렵, 나하고 요시히로가 아무 사이도 아니었을 때, 사라가 종종 이런 말을 했었어. 보스턴에 남자 친구가 있는데, 요시히로를 이렇게 좋아하게 되었다, 하지만 나라가 다르다, 나는 지금은 일본에서 학교를 다니고 있지만, 결국은 돌아가야 하니까 괴롭다, 그렇게 말이야. 요시히로는 사라가 임신했다는 거 연극인지 사실인지 잘 모르겠다, 하지만 만에 하나 사실이더라도 내 아이는 절대 아니다, 라고 했어.”

“야, 난 전혀 몰랐는데.”

나는 말했다. 그렇게 말하면서 온갖 생각을 하고 있었다.

나는 사라의 임신만을 몰랐던 게 아니다. 보스턴에 남자 친구가 있다는 것도 몰랐다. 그날 사라는, 남자 친구의 여동생에게 일본에 있는 동안만의 꿈을 얘기했던 것일까. 철없는 여동생에게 오빠의 완벽한 애인으로 보이고 싶었던 것일까. 내 숙제를 하던 사라의 반짝이는 금발이 떠올랐다. 해맑은 눈동자. 아니, 아니다. 그때 사라는 진심이었다. 모든 것이 순조로우리라 믿고 싶어 했던 눈길……. 혹, 보스턴의 남자 친구는 그때 말했던 것처럼 비즈니스맨 타입이었을까. 오빠는 사라의 인생을 뒤틀어만 놓고 사라져버린 것일까.

생각해도 알 수 없었다. 그저 내가 알 수 있는 것은 그때 사라는 어른이었다는 것뿐. 나보다도, 오빠보다도, 마리에보다도, 가엾을 정도로 어른이었다.

술기운이 돌기 시작한 내 눈에, 어두운 실내가 소스라칠 만큼 차분하게 가라앉아 있다. 그런데도, 저 먼 바에서 손님과 얘기하고 있는 침울한 표정의 여점원보다, 애인과 둘이서 고개를 맞대고 있는 긴 머리의 굉장한 미녀보다, 창가에서 잡지를 보면서 담배를 피우고 있는 어려 보이는 외모의 여자애보다, 내 눈에는 마리에의 윤곽이 더욱 뚜렷하게 보였다. 왜일까, 하고 나는 멍하니 생각하고 있었다.

"저…… 혹시, 사라 지금 일본에 와 있는 거 아냐?"

마리에가 말했다.

"왜 또? 그 사람 유학생이었잖아? 벌써 몇 년 전에. 오빠가 죽었을 때도 오지 않았고."

나는 깜짝 놀라 말했다. 사라가 일본에 와 있는데, 내가 마리에를 염려하여 숨기는 것은 아니라는 것을 분명히 알았으리라. 마리에가 표정을 누그러뜨리며 말했다.

"어제, 좀 이상한 전화가 왔었어."

"어떻게 이상했는데?"

"네, 하고 전화를 받았는데, 아무 말이 없는 거야.

그래서 잠시 가만히 있었더니, 뒤에서 영어로 얘기하는 남자 목소리가 들리더라고. 물론, 영어 회화 방송일 수도 있지만. ……그런데 그 침묵의 밀도가…… 막 말이 나올 것 같은데 망설이는 것처럼, 그랬어. 그래서 그냥 그런 생각이 들었던 거야.”

“……그랬구나.”

나는 말했다. 그때, 솔직히 말해서 사라는 아무 문제가 되지 않았다. 오히려 죽은 오빠와 관계된 일을 아주 일상적으로 얘기하는 마리에가 무서웠다.

“무슨 소식 있으면 전해 줄게.”

“응, 그래.”

마리에는 그렇게 말하고는 미소 지었다.

헤어질 때, 마리에는 지금이 마치 대낮이라도 되듯 당당하게 “또 보자.”라고 말하고는 성큼성큼 걸어갔다. 아스팔트 위로 구두 굽 소리가 울리는 것을 확인하고 나도 밤길을 걷기 시작했다.

옛날, 내가 중학생이었을 때, 아빠에게 애인이 생겨 엄마 아빠 둘 다 집을 비운 적이 있었다. 한겨울의 일이었다.

흔히 있는 일시적인 바람이었을 텐데 엄마는 발작적으로 한바탕 난리를 피우고는 나와 오빠를 나 몰라라

내팽개쳐 두고 친정으로 가버렸다. 그래서 아빠가 엄마를 데리러 갔는데, 얘기가 잘 풀리지 않았다. 그렇다고 집에 남은 오빠와 내가 어쩔 줄 모르고 허둥댔느냐 하면 전혀 그렇지 않았다. 우선 마리에를 불러 집에서 같이 잤다. 그리고 셋이 어수선한 틈을 타서 신용 카드로 돈을 한껏 꺼내 사고 싶은 것을 닥치는 대로 사버렸다. 그리고 매일 밤 잠도 안 자고 늦게까지 술을 마셨다. 내게 그때 열여덟 살이었던 마리에는 이미 아름답고 어른스러운 여자로 보였다.

그랬다, 그때는 셋이서 잤다.

역시 눈이 내리고, 너무 추워서 화장실에도 가기 싫은 밤이었다. 유리창 너머 바깥 공기는 빠지직 소리 내며 얼어붙을 것 같았다.

그 밤, 술에 취한 데다 배까지 부른 우리는 따뜻한 집 안에서 옷을 입은 채 그대로 잠들었다. 오빠가 제일 먼저 새근거리기 시작했다. 마리에도 꾸벅거리며 옆으로 누웠다. 나도 쏟아지는 잠을 견딜 수가 없어 잠자코 누웠더니, 마리에와 눈이 마주쳤다. 마리에는 우리 그냥 여기서 자자고 하더니 윗몸을 일으키고는 잘 자 하며 오빠의 볼에 키스했다. 깜짝 놀란 눈으로 쳐다보자, 마리에는 내게도 공평한 길이로 키스를 해주었다.

나는 "고마워."라고 말했다. 마리에는 미소로 답하고

는 벌렁 누워 눈을 감았다. 소리 없이 내리는 눈에 갇힌 밤, 그 하얀 피부에 드리워진 긴 속눈썹의 그림자를 보면서 잠들었다.

아빠와 엄마는 나흘 만에 돌아왔다. 엉망진창이 된 집 안과 갑자기 요란해진 차림에다 술이 덜 깨 괴로워하는 우리를 보고는 기겁을 했다. 그리고 그런 사건의 주인공인 오빠에게 있는 대로 화를 내었다.

하지만 오빠는 기고만장이었고,

"아빠하고 엄마가 이혼할지도 모른다고 생각하니까, 겁이 나서 죽겠더라고요!"란 말로 그들의 눈물을 짜냈다. 정말 즐거웠다.

그때는 밤이 한결 빛나 보였다. 영원처럼 길게 느껴졌다. 늘 장난스럽게 눈을 반짝이는 오빠의 어깨 너머로 멀고 아득한 경치가 보였다.

파노라마처럼.

그것은 어쩌면 어린 마음으로 올려다본 미래였는지도 모르겠다. 그 무렵 오빠는 절대 죽지 않을 무엇, 밤과 밤을 여행하는 무엇이었다.

그리고 오빠는 자기 인생의 후반부에는 거의 집에 없었으니까, 내게 그는 어린 시절의 오빠 같지 않고 낯선 남자나 다름없는 존재가 되고 말았다.

하지만 이렇게 마리에와 얘기를 나누고, 무척 더운

여름날 가족끼리 투덜거리며 에어컨을 세게 틀어놓을 때나 태풍이 몰아치는 밤이면 오빠가 그리워진다. 그 사람은 가까이 있으나 멀리 있으나 그런 식이었다. 예기치 않은 때 불현듯 모습이 떠올라 가슴을 뒤흔든다. 마음을 아프게 한다.

이른 아침, 전화벨이 울렸다.

전화기가 내 방문 바로 옆에 있어서, 나는 잠이 덜 깨 비틀거리며 걸어가 받았다.

"네, 여보세요."

내가 말하자, 아, 하고 수화기 저편에서 놀라는 여자의 목소리가 들렸다. 마리에의 말대로, 혹 사라가 아닐까 하고 그 목소리를 먼 기억과 견주어보았지만 알 수 없었다. 비슷한 듯도 하고 전혀 다른 듯도 하고.

"사라?"

나는 물었다.

그러자 잠시 침묵이 흐르면서 전화가 금방 끊어져 버릴 듯한 기척이 느껴졌다. 부정도 긍정도 아닌 침묵.

막 잠에서 깨어난 나는, 머리가 제대로 돌아가지 않았다. 다리는 휘청거리고 머릿속에서는 온갖 모호한 생각들이 소용돌이쳤다.

만약 사라가 지금 일본에 있다면, 그리고 무슨 이유

가 있어서 그렇다는 말도 할 수 없고, 새삼 이름을 밝힐 처지도 아니라면. 옛 친구가 아직도 같은 곳에 있는지 궁금했을 뿐이라고 한다면.

그러나 모든 것은 억측에 지나지 않는다. 침묵은 아무 얘기도 해주지 않는다.

"끊지 말아요, 사라."

나는 말했다. 잠의 바다 속에서 겨우 겨우 영어로. 전화는 끊어지지 않았다. 나는 말을 이었다.

"나, 요시히로의 동생 시바미예요.

우리 몇 번 만나기도 했고, 편지도 주고받았죠.

나는 스물두 살이 됐어요.

사라도 많이 변했겠죠.

나하고 사라 씨, 이제 아무 인연도 없는 사람이 되고 말았지만, 마음 한구석으로는 늘 생각하고 있었어요.

며칠 전에, 사라 씨에게 보냈던 편지의 초벌을 발견하고는, 사라 씨가 숙제해 주던 때가 생각났어요."

내가 말을 끝내자, 수화기 저 너머에서 자글거리는 소리가 희미하게 들렸다. 뒤에 사람이 지나가는 듯 웅성웅성하는 소리. 그리고 다시 잠잠해졌다. 그러고는 눈물을 흘리며 훌쩍이는 소리가 조금씩 조금씩 높아졌다. 나는 놀라서

"사라?"

라고 말했다. 사라는 울고 있었다.

"소리(Sorry)……."

들릴락 말락 하게, 사라가 말했다.

"사라, 지금 일본에 있어요?"

됐어, 이제 얘기할 수 있겠어, 하고 생각하면서 나는 물었다.

"응, 하지만 만날 수는 없어."

사라는 말했다.

"누구, 남자하고 와 있어요? 방에서 걸 수는 없는 거예요? 거기 호텔이죠?"

사라는 대답하지 않았다. 그저 울 뿐이었다. 그리고, 말했다.

"잘 지내고 있는지 궁금해서. 시바미 목소리 들으니까, 그리워서, 시바미네 집도 생각나고…… 일본에 있으면서 즐거웠던 일도."

"사라, 지금 행복해요?"

나는 물었다.

"그래, 나 결혼했어."

사라는 전화기 저편에서 처음으로 후후, 하고 웃었다.

"괜찮아, 불행하지는 않아. 그러니까 안심해."

"그래요. 잘됐네요."

나는 말했다. 그러자 사라가, 불쑥 말했다.

“시바미, 가르쳐줘. 요시히로 죽을 때, 혼자였어? ……그러니까, 진짜 애인이 있었는지. 그걸 알고 싶었어.”

사라 역시, 느끼고 있었다는 것을 나는 알았다. 마리에가 보스턴에 갔을 때, 이미 그 눈빛으로. 그리고 오빠의 눈길로. 오빠의 눈길은 마리에를 볼 때면 늘 신비로웠으니까. 차분하게 마음을 가라앉히고, 확인하는 눈빛. 그 사람이 살아 움직인다는 것과 눈앞에서 웃고 있다는 것을.

사라는, 그것을 감지했던 것이다.

“그래요, 혼자였어요.”

나는 말했다. 거짓말할 때의 요령을 모두 말에 담아.

“여자 친구는 많았지만, 진짜 애인은 없었어요.”

“그래……. 괜한 거 물어봐서, 미안해. ……일본에 오니까 마음이 느슨해졌나 봐. 시바미하고 얘기할 수 있어서 정말 기뻤어. 덕분에.”

사라는 말했다. 이미 그녀는 견딜 수 없어 전화를 걸어놓고는 아무 말도 안 하고, 김상에 거위 눈물을 흘리는 사라가 아니라 내가 알고 있는 침착한 사라였다.

“그럼, 잘 있어. 이제 그만 방에 가봐야겠어.”

사라는 말했다.

“그래요……. 그럼.”

나는 말했다. 잠이 완전히 깨버렸다. 갠 하늘과 구름이 묘하게 어우러진 창밖 풍경에 집 안 전체가 밝고 애틋했다. 참 묘한 날씨네, 하고 생각하면서 말했다.

"사라, 행복하세요, 정말 행복하세요!"

"고마워, 시바미."

사라는 그렇게 말하고 전화를 끊었다.

나는 무언가를 이뤄낸 듯한, 그러면서도 왠지 애절하고 아리송한 기분이었다. 그리고는 새삼, 말 없는 전화 한 통 가지고 사라가 일본에 와 있다는 것을 알아챈 마리에에게 감탄했다. 마리에는 확신에 찬 눈빛으로 그렇게 말했다. 그녀는 알고 있었던 것이다. 꿈과 현실 사이를 헤매는 지금의 마리에에게는 전화를 건 상대방을 아는 것쯤 어쩌면 쉬운 일일지도 모르겠다.

오후에 겐이치에게 전화를 걸었다. 돈을 갚기로 약속한 날이어서.

"여보세요."

"아, 여보세요, 시바미니?"

"응, 돈 갚는다면서?"

"그래, 아르바이트한 돈 받았거든, 잘 챙겨서 갚아줄게."

"내게 빌린 돈으로 하와이에 갔었다면서?"

“하와이? 무슨 뚱딴지같은 소리야, 아타미에 갔었다, 아타미.”

“다들 하와이라고 하던데.”

“내가 빌린 돈 다 합해서, 행선지를 짐작한 거겠지, 바보 같은 자식들. 다나카 그 녀석한테는 안 갚을 거야.”

“아타미에서, 무슨 일이라도 있었어?”

“나중에 얘기할게, 어디서 만날까? 너 좋은 데로 정해.”

“K 호텔 로비에서, 1시.”

나는 말했다. K 호텔은 사라의 부모님이 일본에 올 때면 곧잘 이용하는 곳이라고 들은 적이 있다. 혹시, 하고 생각했던 것이다. 아까 K 호텔의 프런트에 전화를 걸어서 사라란 손님을 확인해 달라고 했더니, 그런 사람은 없다고 했다. 그러나 아직은 가능성이 있다.

“알았어.”
라고 말하고 겐이치는 전화를 끊었다.

거대한 호텔에서, 로비라는 곳은 아무리 사람이 많이 모여 있어도 사람이 없는 듯한 분위기다. 내가 도착했을 때, 겐이치는 아직 안 온 듯했다. 나는 소파에 몸을 묻고 사방을 돌아보았다.

온통 양복 차림을 한 외국인 비즈니스맨들에다 높은 천장으로 마치 음악처럼 난무하는 유창한 영어 때문에, 나는 그저 아득할 뿐이었다.

투명한 유리문 너머에서 겐이치가 다가오는 것이 보였다.

"자, 돈."

그는 소파 앞에 서더니 다짜고짜 봉투를 내밀었다. 나는 잠자코 받아들었다. 고맙다는 말은 하고 싶지 않았다.

"지금, 시간 있어?"

"응, 괜찮은데."

"그럼, 내가 커피 사줄게."

겐이치는 그렇게 말하고 나와 마주 앉았다.

커피를 마시면서 그는 말했다.

"야, 소문이란 거 정말 무섭더라. 하와이는 무슨 하와이, 한번 가봤으면 좋겠다."

"그럼 50만 엔이나 되는 돈을 어디에 썼는데? 얘기하기 싫으면 그만두고."

"아니, 괜찮아. 아타미에서 유유자적했지. 제일 좋은 여관을 이리저리 다니면서, 매일 맛있는 거 먹고, 차 빌려서 놀러 다니고. 이 주일쯤 있었어. 어때, 피부가 매끈매끈하지?"

“그녀랑?”

“응.”

“여고생이라면서?”

나는 웃었다.

“대단하다.”

내가 그렇게 말하자 겐이치는 폭소를 터뜨렸다.

“여고생 좋아하네, 전문대생이다. 다들 참, 잘도 꾸며낸다. 어디까지 부푸는지, 어디 한번 사라저볼까.”

“소문이란 게 다 그렇지 뭐. 그리고 돈을 안 갚으니까 더 그렇지. 그리고 아무리 애인끼리라도 그렇지, 아타미에서 무슨 재미로 이 주일씩 지내니?”

“느긋하게 지내는 게 최고지. ……글쎄 뭐랄까, 일상을 떠났더니, 뭘 해도 좋더라고. 그 여자 친구의 부모님이 이혼을 하느니 어쩌느니, 좀 안돼서 어디 데리고 가고 싶은데, 해외로 나가면 피곤하잖아. 딱 좋더라, 온천도 있고 따분하지도 않고. 그런데 기획은 좋았는데, 나한테 돈이 있어야지.”

그는 웃었다.

“알 만하다.”

“사람이란 한번 슬럼프에 빠지면 끝이 없는 것 같아. 같이 있다 보니까 나까지 좀 이상해지더라고. 뭐, 사정이 복잡한 것 같으니까 어쩔 수는 없지만. 예를 들어서 언제 어디서 만나자고 약속을 하잖아. 내가 평소보다 한 십오 분쯤 늦었다고 쳐. 그럼 축 늘어져 있는 거야. 게다가 울고. 그렇게 자주 만난 것도 아닌데, 나까지 속이 답답한 게 한바탕 기분 전환이나 했으면 싶더라고. 하기야 상대방은 얼만큼 기분 전환이 됐는지는 모르겠지만. 나는 다녀오니까 후련하다.”
“그야 물론 그러시겠지.”
나는 웃었다.

마리에의 부모가 오빠와 마리에가 사귀는 것을 그렇게까지 반대할 줄은 당사자들도 몰랐던 모양이다. 그러나 곰곰 생각해 보면 내가 부모라도, 그렇게 여자를 줄줄 데리고 다니는 남자에게 피아노다 영어 회화다 공들여 가르친 외동딸을 주고 싶지 않을 터였다.
나는 두 사람이 아무도 모르게 사랑을 키워나간 기간도, 들키고 나서 살금살금 몰래 만난 기간도 다 보았다. 그 환경의 차이는 빛과 어둠만큼이나 거대했지만, 오빠는 그 거대함에서 즐거움을 찾아내고 마리에는 부모 몰래 하는 모든 일에 스릴을 느끼며 기뻐했기에 제법 행복해 보였다.

두 번 울리고 끊어지는 전화는, 마리에가 전화를 하

라는 신호.

그 벨 소리를 듣고 전화기로 걸어가는 오빠의 달콤한
걸음걸음.

그런 오빠가 하필이면 몰래 마리에를 만나러 나가는
길에 교통사고를 당했고, 응급실에서 죽었다. 우리 아
빠는 큰 병원의 외과 의사니까, 어디로 갔는지 알았다
면 바로 아빠가 있는 병원으로 이송하여 어쩌면 살려냈
을지도 모르겠다.

이렇게 뒷맛이 씁쓸한 얘기가 과연 있을까. 나는 마
리에가 오빠를 기다리고 있던 때였기에 더욱 마음이 아
팠을 것이라고 생각한다. 마리에는 역 앞 찻집에서 기
다렸다. 흔히들 약속 장소로 사용하는 밝은 찻집이었
다. 커피를 몇 잔이나 마시고, 케이크를 두 개 먹고,
레몬 스쿼시를 마시고, 아이스크림을 먹고……. 다섯
시간이나 기다렸다. 그러고는 터벅터벅 집으로 돌아가,
애인의 죽음을 알았다.

나중에 마리에는 이렇게 말했다.

"내 위가 시커멓게 되는 것 같았어. 블랙홀처럼. 뭘
던져도 다 빨아들여, 무엇이든 얼마든지. 마음은 내내
문을 보고 있었어. 잡지를 들춰봐도, 하나도 눈에 들어
오지 않아. 눈이 짜증스럽게 페이지를 그냥 스칠 뿐이

었어. 요시히로의 나쁜 면만 자꾸자꾸 떠오르고. 그리고 시간이 흐르면서 그 나쁜 면이 온몸으로 퍼져서, 다 뒤덮어버리는 그런 기분이었어. 일어서지 못할 정도로 묵직하고 시커먼 그것을 질질 끌면서 집으로 돌아갔지. 벌써 밤이었어. 집에 가면 전화를 기다리면서 잠들겠지. 무슨 이유가 있었을 거야, 얘기하면 다 알 수 있을 거야, 그렇게만 생각했었어.”

기다리던 채로 봉인된 마음.

“그만 갈까?”

겐이치가 일어섰다.

“아무튼 돌려줘서 고마워. 꿈만 같다.”

나는 말했다. 무슨 말씀, 이라며 웃는 겐이치를 따라 소파 사이사이를 헤치며 출입구를 향해 카펫 위를 걸었다. 눈은 아직도 사라의 모습을 찾으려 두리번거렸다. 그때, 프런트 앞에서 이쪽으로 등을 보이고 있는 금발의 여자가 눈에 띄었다. 사라를 몹시 닮은 뒷모습, 옷차림도, 머리 모양도, 키도.

나는 겐이치에게 말했다.

“미안, 나 저기 아는 사람이 있어서, 여기서 헤어져야겠다.”

또 새 소문 들으면 알려줘, 하고 말하면서 겐이치는 사라졌다.

나는 얼굴을 확인하려고 슬금슬금 그 여자에게로 다
가갔다. 너무 푹신한 카펫이 거북해서 거기에만 정신을
판 바람에 허리에 뭐가 툭 하고 부딪힐 때까지 몰랐다.
나는 비틀거리다 겨우 몸을 바로 세웠다. 무슨 일인가
싶어 보니, 조그만 외국인 남자애가 엎어져 있었다. 나
는 손을 잡고 일으켜주었다.

“소리(Sorry).”
라며 나를 보는 그 아이의 눈을 보는 순간, 소스라칠
정도로 가슴이 쿵쾅거렸다. 갈색 머리에 짙은 갈색 눈.
나는 천천히 초점을 맞추고, 그 아이를 쳐다보았다.

 ‘사라의 아들이야, 아니 오빠의 아들, 틀림없어.’
 마음속으로 몇 번이나 그렇게 중얼거렸다.

 이런 눈을, 나는 어디 다른 곳에서는 본 적이 없다.
두려움을 모르는 강한 빛, 입술을 뾰족 내민 표정, 재
킷을 걸치고 있는 것처럼 넓은 어깨선…… . 시각이 모
든 기억을 불러일으켰다. 마리에에게 전해 주고 싶었
다. 아빠 엄마보다, 마리에에게. 나는 겨우 정신을 차
리고, 정말 지금까지 어떤 애인에게도 보인 일이 없을
만큼 부드러운 미소를 띠고—다시는 만날 날이 없을
테니까,

 “괜찮니?”
라고 물었다. 그는 싱긋 웃으며 고개를 끄덕이고는, 뒤

돌아 뚜벅뚜벅 걸어갔다. 그리고 그 앞에,

사라가 있었다.

프런트에 있던 여자, 아까 내가 사라라고 여겼던 여자가 아니었다. 사라는 너무도 많이 변해 있었다. 하지만, 거기에 서 있는 사람은 분명 그날의 사라였다.

내게 끈질기게 '냉장고'의 발음을 가르쳐주었던 사라. 아직 소녀티가 남아 있었던 사라. 마음이 약하고 나이브한 사라.

지금의 사라는 짧은 머리에, 감색 투피스를 깔끔하게 차려입은 모습이었다. 커다란 트렁크 옆에 등을 꼿꼿하게 펴고 서 있는 그녀에게 금발의 어린 여자애가 동동 매달려 있었다. 소년은 걸어가 그 여자애와 사이좋게 조잘거렸다. 오누이인 모양이었다. 그리고 체크아웃을 끝내고 오래 기다리게 해서 미안하다는 듯이 다가오는 우람한 체격의 미국 청년.

그때, 사라가 나를 알아보았다.

그 새파랗고 투명한 눈동자로, 우선은 어떻게 된 일이냐는 듯이, 그러고는 애절하게 나를 쳐다보았다. 확인하듯 몇 번이나, 몇 번이나 눈을 깜박거렸다. 그리고 입술 끝을 희미하게 올린 듯 보였다.

나는 이미 모든 것을 감지하고 있었다. 사라가 마리에와 나를 만나고 싶어도 만날 수 없는 이유, 얘기할 수 없는 이유. 그런데도 일본 땅을 밟자 전화를 걸지 않을 수 없었던 이유. 그 청년과 사라가 이겨내었을 고통. 그래서 그 마음을 암시하려고, 고개를 크게 끄덕이고는 등을 돌렸다. 그녀와 가족들은 행복한 미국인 가족으로 호텔을 나갔으리라. 사라만 몇 번이나 내 쪽을 돌아보았으리라.

한참이 지나 뒤돌아보고서 그들이 없어진 것을 확인하자 나는 맥이 빠져 다시 소파에 앉았다. 머리는 어질어질하고, 두 손에 남은 그 아이의 조그만 손의 감촉이 아직도 뜨거웠다. 그 손을 시작으로 뭔가가 변할 듯한 기분이었다.

그들이 사라진 로비는 공허하고 아무것도 남아 있지 않은 듯 느껴졌다. 컵이 부딪치는 소리와 사람들의 발소리만 한없이 흘렀다.

왠지, 축 늘어져서 집으로 돌아왔다.

문을 열자 엄마가 외출을 했는지 집 안이 조용하고 어두웠다. 나는 곧바로 북북방에 가 천천히 세수를 하면서, 아까 본 것을 평생 아무에게도 말하지 않으리라 다짐했다. 거울에 비친 오빠를 닮은 내 윤곽 너머로, 그 꼬마의 갈색 눈동자가 떠올랐다. 보고 말았지만, 어쩔 수 없다. 우연이 아니었다. 일부러 그 호텔을 찾아갔으니까. 그 때문에 나는 더욱 맥이 빠졌다.

옷을 갈아입으려고 내 방으로 가다가 거실 문 앞을 지나는데

“시바미?”

하고 부르는 목소리에 움찔 놀라 문을 열자, 마리에가 오래도록 이 집에 산 사람처럼 거실 소파에 누워 졸린 눈을 억지로 뜨고 있었다.

뭐가 어떻게 된 일인지 알 수 없었다.

“왜, 여기 있는데?”

나는 말했다.

“응, 낮에 놀러 왔어, 어제 그랬잖아, 그래서 왔는데. 아무도 없어서, 아 흠.”

마리에는 하품을 했다.

“왜 손님방 침대에서 자지. 거기 불편하잖아.”

나는 말했다. 마리에는 낮잠 자는 어린애처럼 몸을 잔뜩 웅크리고 자고 있었던 것이다.

“응, 방이 너무 눈부셔서⋯⋯.”

그리고 보니 손님방 커튼을 세탁소에 보내고 없다는 생각이 났다. 마리에의 목소리는 아직도 반쯤은 꿈속에 있는 것처럼 몽롱했다. 잠이 올 때면 먼 곳을 바라보는 듯한 아름다운 마리에의 눈동자.

“지금은 구름이 많이 꼈는데 뭐.”

엄청 친절을 베푸는 듯한 기분으로 말하고 나는, 누워 있는 그녀 뒤쪽에 있는 창문으로 걸어가 커튼을 열었다. 실내가 갑자기 뿌옇게 밝아졌다. 나는 구름 낀 하늘을 올려다보며 말했다.

"비나 눈이 올 것 같은데."

그때, 마리에가 벌떡 일어났다. 그리고는 눈을 찌푸리며 나를 쳐다보았다. 그녀의 눈빛이 이번에는 마치 얼이 빠진 듯 보였다.

"왜? 왜 그러는데?"

나는 불안해서 물었다. 나의 불안이 마치 그녀에게 옮겨 간 것만 같았다.

"너 혹시."

마리에는 그렇게 말하더니, 아까 그 남자애에게 닿았던 내 손을 만졌다. 그리고는 넋이 나간 얼굴로 나를 올려다보았다.

"요시히로 만났어?"

목소리가 너무 작아서, 너무 희미해서 겨우 알아들었다. 나는 소름이 끼쳐서 뿌리치듯 마리에의 손을 놓았다. 그리고, 마른 목소리로

"아니."

하고 겨우 대답했다.

"그렇지. 내가 무슨 소리를 하는 건지 모르겠네. 어

떻게 만난다고, 막 깨어나서 자다가 꾼 꿈하고 뒤죽박
죽이 됐나 봐."
　마리에는 관자놀이를 누르며 말했다.
　"오빠는 죽었잖아."
　나는 말했다.
　"알아."
　마리에는 아무렇지 않게 대답했다.
　"다만, 꿈을 꿨어. 지금. 시바미가 요시히로를 만나
서 얘기하는 꿈. 아주 밝은 장소, 로비 같은 곳에서."
　나는 뭐라 대꾸하지 못하고, 그저
　"그랬구나."
라고 말하는 순간, 마음에 천천히 무언가가 번지는 것
을 느꼈다.
　"아아, 정말이네. 비가 온다."
　마리에가 창밖을 내다보며 말했다.
　하늘은 어둡고, 굵은 빗방울이 쏟아지는 소리가 거리
를 덮고 있다. 어둡고 침침한 하늘이 겹겹이 저 멀리까
지 이어진다. 비행기는 공항을 떠났을까. 오빠를 배웅
하고 마중했을 때처럼, 웅성거림과 불빛으로 반짝이는
광경 속에서. 나는 그 광경을 확인하듯 떠올렸다.
　"언니, 밤에는 눈이 내릴 것 같은데. 엄마한테 전화
해 달라고 할 테니까, 오늘 밤은 자고 가."

“응, 그럴까 보다.”

비를 보고 있는 뒷모습으로 마리에는 그렇게 말했다. 나는 살며시 방에서 나와 문을 닫았다.

운 좋게 돈을 돌려받았으니, 나는 우산을 쓰고 밖으로 나갔다.

비 내리는 오후의 백화점은, 유난히 밝고 따스하고 축축한 냄새가 난다. 나는 서점에 가서 책을 잔뜩 사 들고, 그리고 CD도 몇 장 샀다. 매장은 모두 한산하고 조용하고 차분했다. 손님이 뜸해 점원들 모두가 우아하게 보였다.

그래도 돈이 아직 남아 차를 마신 후에 티셔츠를 사러 갔다. 마음에 쏙 드는 것을 사 들고 신이 나 엘리베이터를 타러 가다가, 침구 매장을 지나쳤다. 문득, 마리에가 우리 집에서 자고 가기로 했다는 생각이 나서, 매장 제일 앞에 걸려 있는 짙은 파란색 잠옷을 사주기로 했다. 퀼팅 소재라서 아주 따뜻해 보였다. 이 정도면 한밤중에 코트만 걸치고 밖으로 나가도 괜찮을 것 같았다.

“선물인가요?”

점원이 물었다.

그렇다고 대답하자, 점원은 포장을 하고 빨간 리본을

달아주었다.

아아, 그랬구나, 마리에는 늘 소스라칠 정도로 얇게 입고 자니까, 그런 이미지가 있어서 이걸 사주고 싶었구나, 하고 생각했다.

오빠가 죽은 얼마 후에 마리에는 가출을 했다.

연애에 반대한 부모가 맹장염이란 구실로 회사를 일주일 동안 쉬게 한 것과, 또 둘 사이에 있었던 일은 모두 잊어버리라고 한 강요에 반발해서 한 가출은 절대 아니었다. 그녀는, 그냥 지쳤어, 라고 말했다. 사실이었을 것이라고 생각한다. 마리에는 불쌍한 부모 따위 전혀 안중에 없었다. 나는 무서워서, 내가 눈물을 흘리는 것이며, 절망에 빠진 우리 가족 외에도 껴안아야 할 사람이 있다는 것이 겁이 나서, 마리에를 만나지 않았다. 가출했다는 소식을 들었을 때도, 별 위기의식을 느끼지 않았다. 아니, 그럴 여유가 없었다.

가출한 지 일주일이 지나, 마리에의 엄마가 반미치광이가 되어 전화를 걸었을 때야 나는 비로소 엉덩이를 들었다. 나는 마리에가 어디에 있는지, 짐작하고 있었다.

봄이 머지않아 햇살은 따스하고, 코끝에 꽃향기가 은은히 스치는 오후였다. 나는 웃옷도 입지 않고 집을 나서서 전철을 탔다.

마리에와 오빠는 몰래몰래 만나기 위해서 옆 동네에 원룸을 빌렸었다. 마리에가 있을 곳은 거기밖에 없었다. 만약 거기서 죽어 있다면…… 하고 나는 전철 안에서 몇 번이나 생각했다. 덜컹덜컹 흔들리는 차창 밖으로 머지않은 봄의 한가로운 풍경이 흐르고, 의자에 앉아 있는 사람들의 얼굴은 평화롭고 나른했다. 만약에 한발 늦어 주검과 만나게 된다면, 나는 후회할까. 엷은 빛이 차 안을 비추고 있었다. 아마도, 별 후회는 하지 않으리라, 하고 나는 생각했다. 지금도 그때 왜 그런 생각을 했는지는 모른다. 다만 그때는 진심으로 그렇게 생각했다. 나는 모든 것을 보아왔으니까, 마리에가 어떤 선택을 하더라도 이해할 수 있을 것 같았다.

그래서였을까?

관리인에게 동생이라고 말하고 열쇠를 받아 엘리베이터를 타고 올라갔다. 벨을 눌렀지만 아무도 나와보지 않았다. 나는 열쇠로 문을 열고 안으로 들어갔다. 실내는 어둡고 몹시 추웠다 블라인드는 모두 닫혀 있고, 발바닥이 시릴 정도로 냉기만 가득했다. 그렇게 무서웠던 적은 없었다. 나는 그때 이미 시체를 상정하고 한 걸음 한 걸음 발을 대디뎠다. 금방 어둠에 익은 눈이, 담요를 둘둘 말고 있는 마리에를 찾아냈다.

그녀는 곤히 잠들어 있었다. 약 따위 먹지 않은 건강

한 숨소리를 내면서. 나는 마리에를 흔들어 깨웠다. 아
아, 하며 마리에가 눈을 비볐다. 그 손이 반소매 티셔
츠에서 나와 있어 나는 소스라치게 놀랐다. 담요를 둘
둘 말고 있는 그녀는 한여름 휴양지에서 낮잠을 자는
사람처럼 티셔츠와 팬티밖에 입고 있지 않았다.

"언니, 이런 차림으로 걸어온 거야?"

나는 말했다. 그러자 그녀는 아니, 하면서 바닥을 가
리켰다. 코트니 스웨터니 스타킹이 바닥에 점점이 널려
있었다.

그리고 마리에는 충격에 빠진 사람처럼 말이 없고 멍
했다.

"언니, 그만 집에 가자."

나는 말했다.

"엄마한테 언니네 집에 전화해 달라고 부탁할 테니
까, 우리 집 손님방에서 지내, 혼자 가만히 있어도 상
관없으니까, 문 안 열어도 되니까."

마리에는 대답하지 않았다. 방이 너무 어두워 표정이
보이지 않았다. 그러나 마리에의 싸늘한 감촉이 내 마
음을 채근했다. 마리에에게 코트만 입히고, 다른 옷가
지들을 둘둘 말아 껴안고는 방을 나왔다. 그리고 택시
를 잡아 집으로 향했다. 도중에 마리에는 몇 번이나 뒤
돌아보았다. 무엇을 돌아보는지는 알 수 없었지만, 싸

늘한 눈동자로 사라져가는 풍경을 물끄러미 쳐다보았다.

엄마의 설득과 당분간 집에는 가고 싶지 않다는 마리에의 고집에 마리에의 부모도 어쩔 수 없이 수락했다. 당분간 우리 집에 머물게 된 마리에는 손님방에서 지냈다.

나는 오빠와 마리에와 나밖에 그 존재를 모르는 원룸을 혼자서 뒤처리했다. 별 대단한 것은 없지만 가재도구는 모두 처분하고, 계약도 빈틈없이 해약했다. 모두 비밀리에 한 일이라 고생이 말이 아니었다. 되받은 보증금은 수고비 조로 내가 갖기로 했다. 기간도 짧았고, 오빠가 선반을 만드느라 벽에 구멍을 뚫었기 때문에 액수가 변변치 않았다.

오빠는 이미 죽었고, 마리에는 우리 집에서 지내고 있으니까 양쪽 부모에게 방의 존재가 알려져도 상관은 없었지만, 나는 굳이 마리에에게 그 방의 싸늘함을 되새기게 하고 싶지 않았다.

마리에가 죽어 있어도 어쩔 수 없다고 생각한 것에 대한 속죄였는지도 모르겠다.

집에 도착하자 마침 저녁 시간이었다. 마리에는 아빠와 엄마 사이에 끼어서 마치 딸처럼

"늦었네요, 잘 먹을게요."

라며 미소 지었다.

　아빠는 기다리지 못하고 먼저 먹고 있었다. 온 집 안이 수증기로 뜨겁고, 엄마는 손잡이를 꽉 잡고 냄비를 식탁에 옮겨 놓고는

　"마리에가 제일 좋아하는 치킨 카레다."
라며 웃었다.

　나는 의자에 앉아 리본 달린 커다란 상자를 마리에에게 건넸다.

　"자, 선물. 뜻하지 않은 돈이 생겨서."
아빠가 느닷없이 박수를 쳤다.

　마리에는 미소를 띠고

　"생일 같다."
라고 말했다.

　비가 눈이 되면서, 소리 없이 쌓이기 시작했다.

　마리에가 내 방에서 자겠다고 해서, 그러지 말고 손님방에서 둘이 같이 컴퓨터 게임을 하면서 자자고 했다.

　마리에는 내가 선물한 파란색 잠옷을 입고, 옆 이부자리에 앉아 있었다. 방 안이 어두워, 눈 내리는 창밖 세계가 하얗게 보였다. 텔레비전에서는 오늘 밤 도쿄에 큰 눈이 올 것이라는 뉴스가 흘렀다.

　"작년에는 눈이 거의 안 왔는데."

나는 말했다.

"어? 그랬었나. 난 그럴 여유 없었으니까, 아무 기억도 안 나는데."

마리에는 웃었다.

"참 이상한 일 년이었어. 꿈을 꾼 것처럼. 나, 작년보다 좀 나아졌나."

"겉보기에는 정상인 것 같은데."

나는 웃었다.

"그 사람, 대체 뭐였을까?"

마리에가 말했다. 오빠를 말하는 것이었다.

"그 사람, 인간이 아니었을 거야."

나는, 모든 의미를 담아 그렇게 대답했다. 오빠는 그저 인상이 강한 한 청년에 지나지 않았는데, 어이없이 죽는 바람에, 죽기 전까지 마음껏 신나게 산 덕분에, 이상한 의미를 지닌 존재가 되고 만 것이다.

"오빠를 생각하면, 늘 눈부신 무엇을 보는 듯한 묘한 기분이 들어. 웃는 얼굴이며 목소리며 잠든 얼굴이며. 그 사람이 정말 이 세상에 있었을까, 있었다면 그것은 둘도 없는 그 무엇이 아니었을까 하는 그런 기분."

"너도?"

마리에가 말했다.

"사라도, 아마 그랬을 거야."

나는 말했다.

"그를 알았던 모든 사람들이."

챔피언은 마리에일까, 사라일까, 나는 순간 그 점을 심각하게 생각해 보았다. 순위를 매기기가 어려웠다. 둘 다, 그로 하여 예상치 못한 곳에 있다.

"나, 종종 생각했어, 지난 일 년을. 왜 지금 여기에 있는 걸까, 하고 말이야."

마리에가 말했다.

"그날, 공항에서 사랑에 빠진 후로, 문득 돌아보니까 내가 여기 있잖아. 그런데 내 손에는 아무것도 남아 있지 않아, 그저 앞으로 나아갈 뿐인 밤 속. 뭐부터 손을 대야 좋을지, 이제야 조금씩 알겠어. 하지만 아무것도 없어. 그 사람은 대체 뭐였을까, 아니, 의미 같은 것은 없다. 그렇게 생각하면 조금은 마음 편히 잠들 수 있었어."

나는 멍하니 아까 본 사라와, 가슴이 철렁 내려앉을 만큼 그리운 얼굴을 한 아들을 떠올리고 있었다. 그리고 그림자처럼 말이 없고 암울했던 마리에를 보아온 지난 일 년과, 그 곁에서 역시 예외적인 시간을 보냈던 나를.

"언니, 우리의 지난 일 년은 정말 이상했던 것 같아. 인생의 흐름 속에서, 그 기간 동안만 공간도 속도도 달

랐지. 닫혀 있었고 그리고 아주 조용했고. 훗날 되돌아 보면 아마 독특한 색으로 보일 거야, 한 덩어리로.”

“그러겠지.”

마리에도 이불에 파고들어 엎드린 채 뻗은 팔 위에 턱을 괴고 말했다. 잠옷 소매가 비죽이 보였다.

“이런, 파란색이야. 눈도 귀도 언어도 모두 한곳에 집중시켜 버리는, 닫힌 밤의 색.”

여전히 눈은 내리는데, 둘이서 화면을 향하고 정신없 이 게임을 하다가 알게 모르게 잠들고 말았다.

퍼뜩 눈을 뜨고 옆을 보자, 마리에의 잠든 얼굴 위로 브라운관의 빛이 비치고 있었다. 한 손에 조종기를 쥔 몸이 절반쯤 이불 밖으로 나와 있었다. 마치 게임 중간 쯤에서 잠들어버린 것처럼. 낮게 울리는 게임 소리에 섞여 새근거리는 숨소리가 들렸다.

신비로운 얼굴이었다. 울다 지쳐 잠든 얼굴처럼 쓸쓸 하고 무구하게 보였다. 그리고 그 얼굴은 일 년 전이나 더 어린 시절이나 조금두 달라진 것이 없었나.

나는 그녀에게 이불을 덮어주고 텔레비전을 껐다. 방 은 캄캄해지고, 창밖에서는 하얀 눈이 펄펄 내렸다. 커 튼 사이로 눈에 반사된 뽀얀 빛이 새어 들었다.

나는 마리에에게 잘 자, 하고 말하고 이불로 들어 갔다.

어떤 체험

한밤의 마당에서는, 나무들이 빛나 보인다.

불빛 아래 반짝반짝 빛나는 푸른 잎사귀와 짙은 갈색 줄기가 또렷하게 보인다.

요즘 들어 주량이 늘면서, 그렇다는 것을 비로소 알았다. 취한 눈으로 그런 풍경을 볼 때마다 가슴이 뭉클하고, 모든 것을 다 잃어도 상관없을 듯한, 뭐가 어떻게 되든 좋을 듯한 기분이 든다.

그것은 체념이나 자포자기가 아니라, 훨씬 자연스럽게 수긍하게 되는, 조용하고 청렬한 감동이 불러일으키는 기분이다.

요즘은 매일 밤, 그런 생각을 하면서 잠이 든다.

지나치게 마시는 듯해서 줄이려고 하기는 하는데, 낮

이면 오늘 밤에는 조금만 마시자고 결심까지 해놓고도 이렇게 밤이 되면 맥주 한 병을 시작으로 금방 속도가 붙고 만다. 조금만 더 마시면 기분 좋게 잘 수 있을 텐데, 하고 진 토닉을 한 잔 더 만들고 만다. 그리고 밤이 깊어지면서 진의 양이 늘어나 술이 독해진다. 현대가 낳은 최고의 명과 버터 간장 맛 팝콘을 오물거리면서, 나는 생각한다. 아아, 오늘도 또 이 모양으로 마시고 말았군. 죄책감을 느낄 정도의 양은 아니지만, 문득 정신을 차리면 무슨 무슨 술병이 한 병 비어 있곤 해서 가슴이 철렁한다.

그리고 곤드레가 되어 침대에 쓰러질 때면 비로소 그 기분 좋은 노랫소리가 들려온다. 처음에는 베개가 노래하는 줄 알았다. 어떤 경우에든 내 볼을 부드럽게 받아들여 주는 베개니까 이렇게 청명한 소리도 낼 수 있을 것이라고 여겼기 때문이다. 그 소리는 눈을 뜨고 있을 때면 들리지 않았기에, 나는 그저 노곤한 꿈이라고 생각했다. 그런 때는 늘 깊이 생각할 수 있을 만큼의 제정신이 아니었다.

그 목소리는 낮고 달콤하고, 마음속 가장 딱딱한 부분을 부드럽게 마사지하는 듯한 꿈틀거림을 지니고 있었다. 파도 소리 같기도 하고, 지금까지 내가 온갖 장소에서 만나 친해지고 헤어진 사람들의 웃음소리와, 그 사람들의 따스한 말과, 잃어버린 고양이의 울음소리와, 어딘가 멀고 이미 없는 그리운 장소의 소리, 언젠가 여행을 하면서 어디선가 맡았던 싱그러운 녹음의 냄새와 함께 귓가를 스치고 지나갔던 나무들의 속삭임…… 같은 소리를 모두 합친 듯한 목소리였다.

오늘 밤도 그 소리가 들렸다.

천사보다 관능적이고, 훨씬 더 진실한, 희미한 노랫소리. 나는 그 멜로디를 더듬으려고 어렴풋한 의식을 집중하고 귀 기울인다. 잠이 끈적하게 나를 감싸고, 그 행복한 멜로디도 꿈에 녹아버린다.

옛날에 좀 이상한 남자를 좋아해서 기묘한 삼각관계를 연출한 적이 있다. 그 남자는 지금 애인의 친구로, 여자에게 일회적이지만 폭발적인 사랑을 느끼게 하는 타입이었다. 지금 생각하면 좀 유별나고 씩씩한 오빠에 지나지 않지만, 당시에는 나도 젊었으니까 결국은 사랑에 빠지고 말았다. 지금은 인상마저 희미하다. 수도 없이 잤는데, 느긋하게 얼굴을 보면서 데이트한 적이 없어서인가, 얼굴도 제대로 기억나지 않는다.

왜인지 하루란 이름의 형편없는 여자만 생각난다.

나와 하루는 비슷한 시기에 그와 사랑에 빠졌는지,

그의 집에서 몇 번 얼굴을 마주치면서 서로의 존재를 알았고, 그러다 마지막에는 셋이 거의 엉겨 산 꼴이 되고 말았다. 하루는 나보다 세 살 많은 아르바이트생이었고 나는 대학생이었다.

물론 우리는 서로를 증오하고, 욕설을 퍼부어대고, 때로는 손찌검까지 하면서 싸웠다. 그토록 살벌하게 타인과 가까워진 적도, 그토록 사람이 성가셔본 적도 없었다. 오직 하루만이 걸림돌이었다. 죽어버렸으면 좋겠다고 바란 적도 한두 번이 아니었다. 하루 역시 그렇게 바랐으리라.

결국은 어느 날, 그런 나날에 지친 남자가 멀리로 도망쳐 소식이 끊어지자, 그 사랑은 끝이 나고 나와 하루의 관계도 끝났다. 나는 이 도시에 그대로 머물고 있지만 전해 듣기를 하루는 파리인지 어디로 떠났다고 한다.

그것이 내가 아는 하루에 관한 마지막 소식이었다.

그런데 왜 갑자기 하루가 그리워졌는지 나 자신도 알 수 없었다. 보고 싶은 것도 아니고, 지금 뭘 하고 있을까 하는 관심 따위도 없었다. 그 기간은 격정에 차 있어서 오히려 추억의 공백기, 인상 깊은 기억도 없는데.

아마도 그 여자는 파리에서 예술가를 후리는 창부가 되었든지, 운 좋게 나이 많은 후원자를 구해 내로라하게 살고 있을 것이다. 그런 여자다. 뼈만 남은 말라깽

이에 입술은 얇고, 낮은 목소리에 퉁명스러운 말투, 그리고 검은 옷만 입고 다녔다. 늘 미간을 찌푸리며 투덜거리기만 했지만, 웃으면 조금은 어려 보였다.

그 웃는 얼굴을 생각하면, 왠지 가슴이 아프다.

그렇게나 많이 마시고 잠들면 역시 다음 날 아침 눈을 뜰 때가 최악이었다.

술에 전 듯한, 뜨끈한 술이 담긴 욕조에 온몸을 푹 담갔다가 나온 듯한 느낌이었다. 입은 바짝바짝 마르고, 몸도 한참 동안 뒤척일 수조차 없었다.

일어나 이를 닦고 샤워를 한다는 것은 도무지 생각할 수 없는 일이었다. 과거에 내가 그런 일을 아무 부담 없이 했다는 것이 믿어지지 않는다.

찌르는 듯한 햇살이 머리로 파고든다.

나는 한심한 생각에 증상을 열거하는 것도 견딜 수 없고, 그저 울고만 싶었다. 어떻게 해야 자신을 구할 수 있을지 알 수 없었다.

요즘은 매일 아침이 그렇다.

나는 그만 포기하고 스르륵 침대에서 빠져나와, 가만히 있어도 좌우로 흔들리는 아픈 머리를 누르면서 홍차를 끓여 마셨다.

왜 그럴까, 밤이면 고무처럼 쫙 늘어나 끝없이 달짝

지근하다. 그리고 아침이면 한없이 날카롭다. 그 빛은 무언가를 내게 바짝 들이미는 것 같다. 딱딱하고, 투명하고, 억지스럽다. 그래서 싫다.

무슨 생각을 해도 불행한데 몰아붙이듯 전화벨이 울렸다. 지겨운 소리다. 따르릉거리며 귀를 울리는 소리에 분해서

"네."

하고 일부러 기운차게 받았다.

"힘찬데."

쾌활한 목소리로 미나오가 말했다. 그는 나의 애인이다. 그리고 예의 남자와 하루와도 아는 사이다. 둘이 퇴장하고 나와 그만 남은 것이다.

"전혀 그렇지 않아. 술이 안 깨서 머리가 터질 것 같아."

"또?"

"오늘 쉬는 날이지? 놀러 올래?"

"응, 지금 있다 갈게."

미나오는 그렇게 말하고 전화를 끊었다.

그는 잡화점 주인이라 평일에 쉰다. 나는 바로 얼마 전까지 비슷한 가게에서 일했는데, 그 가게가 망하고 말았다. 지금은 그가 이웃 동네에 낼 지점에서 일하기로 하고 개점을 기다리는 중이다. 하지만 그것은 반년

후의 일이다.

그는 때로 사물을 보는 눈으로 나를 본다. 이 꽃무늬는 없는 게 좋겠는데, 여기만 깨지지 않았으면 값이 더 나갔을 텐데, 이 선은 싸구려 같지만 사람의 마음을 끌어, 이런 식으로.

그런 때 그의 눈길은 소름이 끼칠 정도로 냉정하다. 그런 것을 느끼고 숨을 삼키는 내 마음의 변화까지 하나의 무늬로 보는 듯 여겨진다.

오후, 그가 꽃을 들고 찾아왔다.

샌드위치와 샐러드를 먹고, 우리는 평화로웠다. 나는 여전히 누워 뒹굴거리고 있고, 그는 키스를 할 때마다

"아유, 술 냄새. 술 냄새가 점막으로 옮을 것 같다."

라며 웃었다. 꽃, 특히 하얀 백합 같은 향기가 풍길 듯한 미소를 띠고.

겨울도 어느덧 끝나가고 있었다. 실내는 이렇게 행복한데, 창밖은 끔찍하도록 메말라 있을 것 같았다. 부는 바람에 하늘이 삐걱거릴 듯했다.

실내가 달콤하고 너무 따뜻해서 그런 것이리라고 나는 생각했다.

"아 참."

나는 말했다. 달콤하고 따스해서 떠오른 연상이다.

"요즘, 잠자리에 들면 늘 비슷한 꿈을 꾸는데, 혹시 환청의 전조가 아닐까 걱정이야. 환청이 그렇게 기분 좋은 건가. 이 정도로 알코올 중독에 걸리나."

"설마."

그가 말했다.

"다소 술에 의존하는 경향이 있기는 하지만, 그건 지금 당신이 한가하니까 마시게 되는 거잖아. 다시 일을 시작하면 기운도 날 테고, 지금 이 정도로 느긋하게 지낸다고 해서 안 될 게 뭐야. 그건 그렇고, 무슨 꿈인데?"

"꿈인지 뭔지."

간신히 메슥거림과 아픔이 잦아들어, 그 기분으로 나는 꿈꿀 때의 행복함을 되새기려 했다.

"응, 취해서 침대에 쓰러지잖아. 그럼 빨려 드는 것처럼, 눈을 감고 아주 정든 곳을 걷고 있는 듯한 기분이 들어. 좋은 냄새도 나고, 마음은 편안하고, 그리고 늘 똑같은 노래가 희미하게 들리고. 눈물이 흐를 만큼 달콤한 목소리, 어쩌면 노래가 아닐지도 모르지. 하지만, 멜로디 비슷한 게 있어, 아주 멀리서 희미하게, 지고의 행복을 노래하는. 음, 멜로디도 늘 똑같아."

"야, 그거 좀 위험한데. 진짜 알코올 중독 아냐?"

"뭐?"

내가 놀라 눈살을 찌푸리자 미나오는 웃으며 말했다.

"농담이야. 실은 나, 그런 얘기 들은 적이 있거든. 아주 비슷한 얘기. 어떤 사람이 당신에게 무슨 말을 하고 싶어 하는 거래."

"누가?"

"죽은 사람. 그런 사람 없어? 아는 사람 중에서."

한참을 생각해 보았지만, 일단은 없었다. 나는 고개를 저었다.

"죽은 사람이, 살아 있을 때 친했던 사람에게 무슨 말을 하고 싶으면, 그런 식으로 전한대. 술에 취했을 때나 막 잠들려고 할 때는 의식이 좀 오락가락하잖아, 그래서 그런 식으로."

그 말을 듣는 순간 소름이 좍 끼쳐, 나는 어깨까지 이불을 덮어썼다.

"그거, 반드시 아는 사람인 거지?"

나는 물었다. 알지도 못하는 죽은 사람이 귓전에서 노래를 부른다면 아무리 행복해도 소름 끼치는 일이다.

"그렇다던데……. 그거, 혹시 하루 아냐?"

미나오가 말했다.

미나오는 직감이 뛰어나다. 나는 과연 가슴이 섬뜩하고, 아아 어쩌면 그럴지도 모르겠다고 생각했다. 거의 확신에 가깝게. 소식 없는 하루, 요즘 툭하면 떠오르는 하루의 추억.

"알아봐."

"알았어……. 친구들한테 물어볼게."

나는 말했다. 그는 고개를 끄덕였다.

미나오는 어떤 질문을 해도 절대 무턱대고 부정하지 않는다. 부모님이 올바로 교육한 것이리라. 뭐니 뭐니 해도 그의 이름은 미나오(水男), 이런 이름은 흔치도 않고 그 유래를 맞히기도 쉽지 않다. 그의 어머니가 젊었을 때 어쩔 수 없이 낙태를 한 적이 있어서, '미나코(水子)의 몫까지 행복하게'란 소망을 담아 지은 이름이라고 한다.

보통은 이런 이름을 짓지 않는다.

방 안은 그가 들고 온 하얀 장미 향으로 그득하다. 나는 오늘 밤은 이 향이 있으니, 술을 마시지 않고 잠들지도 모르겠다고 생각했다. 우리는 키스를 나누고 서로를 안았다.

"하루? 죽었지."

역시 그런 말을 들어 가슴이 철렁했다.

미나오에게서, 남자와 나와 하루를 모두 알고 있는 어떤 사람이 현재 찻집에서 늦은 밤에 아르바이트를 한다는 소리를 들었기에, 무슨 소식을 들을 수 있을까 싶어 택시를 타고 쫓아갔는데, 너무하다 싶었다. 겨우 그 한마디를 듣기 위해서라면 전화로도 충분하다. 나는 그의 눈을 빤히 쳐다보고는, 그 말이 농담이 아니라는 것을 알았다. 웨이터 차림을 한 그는 복작복작한 실내의 카운터 안에서 침울한 눈길로 접시를 닦고 있었다.

"외국에서? 뭣 때문에? 에이즈?"

나는 물었다.

"술이었어, 술."

그는 작은 목소리로 말했다. 나는 두 번 놀랐다. 순간, 내 몸 역시 저주에 걸렸나 싶었기 때문이다.

"술에 절어서 말이야, 후원자 방에서. 알코올 중독 전문 병원을 들락날락하고, 마지막에는 엉망이었나 봐. 파리에서 돌아온 내 친구가, 친한 친구에게 그렇게 들었대."

"……그래."

나는 커피를 꿀꺽 삼키고, 그 맛을 확인하듯 맥없이 고개를 끄덕였다.

"너희, 사이 엄청 나빴잖아. 새삼스럽게 하루 애긴 왜?"

"옷깃만 스쳐도 인연이라고……. 뭐 그런 건 아니지만, 소식을 전혀 알 수가 없어서, 어떻게 지내는지 궁금했어. 난 지금 미나오하고 행복하게 지내니까.”

“뭐 그럴 수도 있겠지.”

하루와 남자와 셋이서 산 것이나 다름없었던 시절, 그는 바텐더였다. 그때 나는 술에 취해 종종 그가 일하는 가게에 들르곤 했다. 그는 옛날부터 남의 일에 대해서는 무심한 사람이었기에, 무슨 애기든 하기 쉬웠다. 실내의 어두운 조명 아래 떠 있는 그의 모습을 물끄러미 바라보고 있자니, 그 무렵의 일상이 고스란히 되살아났다. 내일이 없는 사람처럼 게을렀지만 마음만은 불타올랐다. 되살아난 그 느낌이 다시 한 번 잠기고 싶은 성질의 것은 아니었지만, 묘한 감상을 불러일으켰다.

“그렇구나, 하루는 이미 이 세상에 없구나.”

내가 그렇게 말하자, 카운터 안에서 옛 친구가 고개를 끄덕거렸다.

집으로 돌아와, 하루를 추억하기 위해 혼자 술을 마셨다. 오늘 밤에는 아무리 마셔도 괜찮을 것 같은 기분이라, 마음껏 신나게 마셨다. 하루를 생각하면 늘 눈앞에 부옇게 보이던 텔레비전 화면 같은 에펠 탑도 오늘 밤에는 보이지 않았다. 대신, 넘치는 에너지를 소모할 길을 잃어 자기도 모르게 술에 빠져 든 하루의 마음속 풍경이 보였다. 남자가 사라진 후, 재기할 수 없었던 하루를 이해할 수 있었다. 그 정도로, 자신의 모든 것을 바친 사랑이었으니까. 남자도 무척 매력적인 사람이었지만, 내게는 하루가 또 하루에게는 내가 있었기에 그토록 몰입할 수 있었던 것이다. 남자는 그 점이 흥미로웠는지, 혹은 답답했는지 툭하면 어느 한쪽을 집에다 불러놓고 다른 한쪽을 만났다. 마지막에는 나와 하루 둘 다 불러다 놓고 밤새 집에 들어오지 않기가 일쑤였다.

나는 워낙 손재주가 없어서 요리도, 사소한 것을 만드는 것도, 포장하고 끈을 묶는 것도, 종이 상자를 만드는 것도 간신히 하는데, 하루는 손재주가 좋아 그런 일이 있을 때마다, "정말 재주 없다"느니 "너네 엄마가 어떤 인간일지 궁금하다"느니 사정없이 나를 매도했다. 대신 나는 하루의 납작한 젖가슴과, 덜 세련된 옷차림을 태연하게 지적했다. 남자는 좋은 것은 칭찬하고 나쁜 것은 솔직하게 나쁘다고 말하는 사람이어서, 우리들의 콤플렉스에도 박차가 가해졌을 것이다.

"너 정말 요리 솜씨 없다. 진짜 웃긴다. 야! 이런 걸 먹으라고!"

어느 밤, 내가 팔보채를 만들고 있는데 하루가 그렇게 말했다. 나는 그때, 낮에 남자가 나 몰래 하루를 만났기 때문에 몹시 기분이 언짢아 있었다.

"넌, 옷이 그게 뭐니. 검은색 니트는 가슴이 좀 더 풍만한 여자가 입어야지."

하루가 볶음 요리를 하고 있는 내 등을 팔꿈치로 세게 치는 바람에 하마터면 내 손이 프라이팬에 닿을 뻔했다.

"무슨 짓이야!"

나는 소리를 질렀다. 프라이팬의 타닥거리는 격렬한 소리와 열기에 뒤섞여 비통한 목소리가 나오고 말았다.

"쓸데없는 소리를 하니까 그렇지."

하루가 말했다.

"그거야 그렇지만."

나는 그렇게 말하고 불을 껐다. 실내가 조용해지면서 둘의 침묵이 갑자기 부각되었다. 그때는 이미 우리 둘 다, 다소는 삐딱한 남자, 세상을 조롱하며 독자적으로 사는 듯이 보이는 한심한 남자의 몸을 둘이 함께 공유하는 것이 정상인지 비정상인지조차 헤아리지 못했 있으라고 한 것도 아닌데 남자의 방에 눌러 있는 것도, 그런 사람이 둘이라는 것도. 다만 나는 하루의 음습한 목소리와 신경질적으로 마른 몸에 짜증이 나 있었다. 눈앞에 어른거리기만 해도 닭의 목을 조르듯 그 목을 비틀어주고 싶었다.

"왜 이러고 있는 거지."

그때, 하루가 멍하니 이렇게 중얼거렸다.

"그 사람을 좋아하는 여자들이 많은데, 왜 너하고 나만 그 사람도 없는 이런 데에서."

"어쩌다 보니까 그렇게 된 거지."

"짜증 나 미쳐버릴 것 같아."

"내가 하고 싶은 말이다. 하지만 이렇게 된 이상 어쩔 수 없잖아."

나는 하루의 저속한 사고와 밝지 못한 시각이 견딜 수 없이 불쾌하고 싫었다.

"너, 무슨 생각 하는 거야? 정말 그 사람을 원하는 거니?"

하루는 나를 꾸짖듯 말했다.

"그래."

나는 대답했다.

"그러니까 너 같은 인간이랑 여기 있는 거지, 너 같은 바보……"

선을 넘었는지, 내가 그 말을 채 끝내기 전에 하루가 나의 뺨을

찰싹,

하고 때렸다. 날카로운 소리가 울려 퍼졌다. 나는 순간적으로 무슨 일인지 몰라 멍했지만, 오른쪽 뺨이 점점 뜨거워지는 것을 알고는

"기분 나빠서 가야겠다. 그 사람하고 자면 되겠네. 그야 물론 돌아오면 그렇다는 거지만."
이라 말하고 일어섰다.

가방을 들고 현관을 나서는데, 하루가 나를 빤히 쳐다보고 있었다. 그 눈이 너무 크게 너무 심각하게 빛나서, 나는 하루가

'잠깐만.'

이라고 말하는 줄 알았다. 그런 눈빛이었다. 미안해 가 아니라, 가지 말라는 눈빛. 하지만 그런 말은 어색해서 할 수 없으니까 하루는 침묵한 것이리라고 생각했다.

긴 머리가, 그 유치하게 화장한 하얗고 조그만 얼굴 절반을 가리고 있었다. 이렇게 멀리서 보면 가련하고 예쁜 여자라고 생각하면서, 말없이 문을 닫았다.

나는, 내가 아는 다른 여자들이 그와 자는 장면을 생각하면 가슴이 욱신거리고 화가 났지만, 하루에게만은 이미 그런 단계를 지나 있었다. 실제로 셋이 엉켜 자다가 둘이 섹스를 연출한 적도 있었는데, 별 반감을 느끼지 못했다. 다른 여자였다면 그 자리에서 죽여버렸을지도 모르는데.

같이 지내면서, 하루를 대하는 남자들의 마음을 이해할 수 있을 것 같아서였다.

그녀의 내면을 말하는 것이 아니다.

그녀는 어쩌면 그저 신경질적이고 유난스러운 여자였을 수도 있는데, 겉으로 보기에는 무언가 특별한 것이 있었다. 마치 여자 그 자체를 연상시키는 희미한 이미지…… 속옷에 비치는 부드러운 그림자, 긴 머리칼 사이로 언뜻언뜻 보이는 가녀린 어깨, 움푹 파인 쇄골, 절대 만질 수 없는 가슴의 먼 곡선. 그런 이미지 덩어리가 안정감 없이 살아 움직이는 듯한 느낌. 하루에게는 그런 분위기가 있었다.

오늘 밤도 창밖으로 빛나는 나무들의 움직임이 보였다. 아름다운 그 풍경은 역시 묘한 각도로 도드라져 있었다. 가차없고 예리한 각도가 아니라, 빛이 닿는 방향에 따라 부드럽게 보이기도 하는.

취한 탓이리라.

불을 끄자, 방 안에 있는 것들이 불을 켜놓았을 때보다 선명하게 보였다.

나 자신의 숨소리와, 고동 소리도 잘 들렸다.

그리고 이불을 덮고 베개에 머리를 묻었을 때, 역시 들려왔다.

천사처럼 매끄러운 목소리의 울림, 엷은 감상, 애틋한 멜로디에 가슴이 벅찼다. 파도처럼 멀고 가깝게, 그

립게 흐르는……. 하루, 하고 싶은 말 있어?

나는 닫아도 빙글빙글 돌아가는 듯한 마음의 귀를 기울이려 했다. 하지만 하루의 기척은 느껴지지 않고 그 아름다운 멜로디만 가슴을 적실 뿐이었다. 어쩌면 이 아름다운 선율 너머에 하루의 웃는 얼굴이 있을지도 모른다. 아니, 혹 증오에 찬 목소리로 욕설을 지껄이며 내 행복이 자신의 죽음과 종이 한 장 차이라고 외치고 있는 것은 아닐까. 어느 쪽이든 상관없었다. 그저 듣고 싶었다.

하루가 무엇을 전하려 하는지 알고 싶었다. 나는 미간이 아플 정도로 집중했다. 그러다 마침내 피로가 그 소리 저편에서 잠의 파도와 함께 밀려왔다. 나는 가슴 속으로 포기의 말을 중얼거렸다. 마치, 기도를 하듯.

"하루, 역시 죽었대."

나는 말했다. 미니오는 눈을 약간 치켜떴을 뿐

"그래, 역시 그랬었군."

이라 말하고는 창밖으로 눈길을 돌렸다.

야경이 굉장했다.

14층이라서 그렇긴 하지만, 정말 대단했다. 가끔은 높은 데서 먹어보자고 내가 말하자, 높은 데라니 비싼

160

데? 아니면 지상에서 높이 떨어진 데? 하고 미나오가
물었다. 나는 웃으면서 양쪽 다, 하고 대답했다. 그래
서 여기까지 온 것이다.

온통 빛나는 밤의 입자로 가득한 창밖 풍경에 압도당
했다. 자동차의 행렬은 밤을 수놓는 목걸이였다.

"자기는 왜 하루일 거라고 생각했는데?"

"너희, 사이가 나빴잖아."

미나오는 아무렇지 않게 말하고 고기를 잘라 입에 넣
었다. 그때 나는 잠시 손길을 멈췄다. 울음이 터져 나
올 것 같아서였다.

"하루가, 내게 무슨 말을 하고 싶어 한다는 거야?"

"나야 알 수 없지."

"하기야, 그렇겠지."

나는 다시 손을 움직였다. 별 대단한 일이 아닐 수도
있다. 술로 범벅이 된 나의 일상이 다음 단계를 향하기
위해 보여주는 다양한 '아쉬움'의 이미지가 하루란 형
태를 띠고 나타난 것인지도 모른다. 오늘 밤도 벌써 포
도주를 두 병이나 비워(미나오와 함께였지만), 시야가 부
예지고 있다.

아침이 되어 모든 것이 사라질 때까지, 무한히 번지
는 이 아름다운 야경을 마음껏 즐길 수 있다면, 사람의
마음에 반드시 도사리고 있는 어쩔 수 없는 아쉬움 따

위는 전혀 상관없을 것 같았다.

"하루, 만나볼래?"

미나오가 불쑥 그렇게 말했다.

"무슨 소리야?"

나는 조금은 이상한 목소리로 그렇게 물었다. 다른 손님들이 흘깃 나를 보았을 정도로, 그럴 만큼 놀랐다.

"아는 사람 중에, 그런 거 잘하는 남자가 있거든."

미나오가 웃으며 말했다.

"수상하다. 괜한 소리 아니야?"

"아니야, 꽤 재밌어. 옛날에 내가 좀 위태위태한 장사를 할 때 알게 된 사람인데 아주 몸집이 작아. 그런데 죽은 사람하고 얘기하게 해주더라고. 그게 얼마나 리얼한지."

미나오가 말했다.

"해본 적 있어?"

나는 물었다.

"응, 나 까딱 길못해서 사람을 죽인 적이 있거든."

미나오가 태연하게 말해서 오히려 후회의 깊이를 헤아릴 수 있었다.

"싸우다가?"

"아니, 고장 난 차를 빌려줬어."

그리고 그는 더 이상 말하고 싶지 않다는 듯 화제를

바꿨다.

"영 마음이 께름칙해서, 부탁했어. ……그래서 만나서 얘기를 하고 났더니, 정말 후련하더라고. 그리고 나, 당신하고 하루하고 겉으로는 사이가 나쁜 것처럼 보였지만, 실은 좋았을 거라고 생각해. 사이에 남자가 얽혀 있지 않았더라면, 아마 당신하고 하루, 사이좋은 친구가 되었을 거야. 그 남자도 지금은 별 볼일 없이 형편없는 생활을 하고 있는 것 같지만, 당시에는 꽤 괜찮았잖아. 둘 다, 그 빛에 비슷하게 반응한 걸 보면, 둘이 닮은 거야. 난 그렇게 생각해."

나는 새삼, 미나오의 냉철함은 이름 그대로 찬물 같다고 생각했다. 바람이 세게 부는 모양이었다. 정지해 있어야 할 아름다운 화면들, 나무들이 여기저기서 흔들리는 것을 알 수 있었다. 자동차의 불빛은 도로를 가득 메우고 천천히 흘렀다.

"나야 당신이 훨씬 마음에 들었지만. 코가 낮은 것하며, 손재주가 하나도 없는 것하며."

호박꽃도 꽃이란 말투여서 그리고 나는 그런 말투를 좋아해서, 역시 좋은 사람이라고 생각했다.

"그럼, 한번 가볼까."

나는 말했다.

"재미있을 것 같으니까."

"그렇지, 그렇지."

포도주를 마시면서 미나오가 말했다.

"후련하고 재미있는 일은, 사기든 뭐든 해보는 게 좋지. 후련해질 수 있다면, 무엇이든."

미나오가 데리고 간 곳은, 카운터 자리만 있는 흔해 빠진 지하 스낵바였다. 가게를 지키고 있는 사람은 과연 몸집이 아주 작았다. 하지만 전신의 불균형만 빼놓으면 그냥 보통 사람이었다. 그는 또렷한 눈동자로 나를 쳐다보았다.

"자네 애인인가?"

남자가 불쑥 미나오에게 물었다.

"응, 후미 씨라고."

나는 가볍게 고개를 숙이고, 처음 뵙노라고 인사를 했다.

"이쪽은 내 친구, 나나카 씨."

미나오가 말하자 그는 웃으며

"뭐 외국 사람으로 치면 스미스 정도지."

라고 말했다. 과연 이 사람이, 하고 의심스러웠지만 그는 신뢰감을 주는 지성을 갖추고 있었다. 그는 카운터 아래쪽에 있는 작은 문을 살짝 열고 나오더니, 입구로 걸어가 무거운 문을 잠갔다.

"죽은 사람 만나러 온 거지?"

다나카 씨가 말했다.

"음. 가끔은 장사도 해야지."

미나오가 웃으며 말했다.

"요즘은 통 안 하는데, 이거. 체력 소모가 커서 말이야. 비싸게 치러야 할걸."

다나카 씨가 말하고, 나를 보았다.

"언제 적 사람?"

"얼마 전에, 한 이 년 전에 만나고 못 만난 여자. 같은 남자를 놓고 옥신각신했어요."

나는 두근거리는 가슴으로 말했다.

"뭐 좀 마실 수 있을까요?"

"음, 나도 마시고 싶군. 위스키 가져오지그래."

"그럼 오늘 밤은 전세 낸 거야."

다나카 씨는 사다리를 타고 올라가 높은 선반에서 위스키 병을 꺼냈다. 그리고 유연한 손놀림으로 칵테일을 만들기 시작했다.

"이 사람, 요즘 너무 많이 마시니까."

미나오가 또 웃으며 말했다.

"아주 진하게 만들어줘."

"오, 그래, 알았어."

다나카 씨가 웃어 나도 웃었다. 늘 생각한다. 미나오는 나를 믿고 깍듯하게 어른 대접을 해준다. 그래서 그 곁에 있으면 푸근하게 안심한다. 몇 살이 되든 사람은 어떻게 대접받느냐에 따라서 바뀌는 부분이 있으리라고 생각한다. 미나오는 언제든 사람을 능란하게 다룬다. 우리는 건배를 했다.

"한 남자를 놓고 옥신각신했다면서, 왜 만나고 싶어 하지?"

다나카 씨는 그렇게 말하고는 고개를 갸우뚱했다. 칵테일의 독한 맛에 입이 찌릿찌릿했지만, 나는 솔직하게 말했다.

"사실은 서로를 좋아했나 봐요. 둘 다 약간은 레즈 기질이 있었던 것 같고."

다나카 씨는 하하하, 하고 크게 웃고는, 아주 착한 사람이로군 당신, 이라고 말했다. 나는 그 조그만 구두와 손을 멍하니 처다보면서, 하루를 만나면 무슨 얘기를 하지 하고 생각했지만, 아무 말도 떠오르지 않았다.

"자, 그럼 시작해 볼까."

한 잔을 다 마실 즈음 다나카 씨가 말했다. 미나오는 거의 말이 없었다. 아마도, 자신이 이곳을 찾아왔을 때의 기억을 더듬고 있는 것이리라.

166

“시작한다고요?”

나는 물었다.

“간단해. 약도 필요 없고, 수를 세지도 않고. 그냥 눈을 감고 가만히 있기만 하면, 어떤 방으로 당신을 데리고 갈 거야. 면회실이지. 다만 주의할 것은, 상대방을 따라 문밖으로 나가서는 절대 안 된다는 것. 왜 종종 그런 예가 있잖아, 귀 없는 호이치*처럼 나가서 돌아오지 못하는 사람이. 영원히 돌아오지 못한 사람도 있었어. 그러니까, 조심하라고.”

겁이 나서 입을 다물고 있었더니

“괜찮아, 당신은 강하니까.”

라며 미나오가 웃었다. 나는 고개를 끄덕이고 눈을 감았다. 다나카 씨가 다시 카운터 밖으로 나온 기척이 느껴지면서, 온몸이 싸늘하게 식는 것을 알 수 있었다.

그리고, 이미 나는 어떤 방에 있었다.

좁고, 우윳빛의 조그만 유리창이 있는 묘한 방이었다. 나는 낡은 빨간 소파에 앉아 있고, 건너편에도 비슷한 모양을 한 조그만 소파가 있었다. 사이에는 테이블도 없어서, 옛날에 놀이 공원에서 본 ‘빅 리하우스’

---

* 귀신을 따라가 무덤 앞에서 비파를 연주한 호이치 이야기의 주인공.

와 비슷한 분위기였다. 벽이 빙글빙글 돌아 마치 집이 도는 것처럼 착각하게 되는 놀이 기구. 조명까지 어두침침해서 오싹한 기분이 들었다. 그리고 나무 문이 있었다.

나는 만져보는 것은 괜찮겠지 싶어서, 문에 달려 있는 손잡이로 손을 내밀었다. 녹이 슨 듯한 금색에 가느다란 손잡이였다. 싸늘한 감촉이 느껴졌다. 손바닥으로 완전히 감쌌을 때, 흔들흔들 어떤 진동이 느껴졌다. 비유하자면, 밖에서 엄청난 에너지가 소용돌이치고 있는 조용한 장소, 태풍의 눈 혹은 결계(結界)처럼, 무언가를 강력하게 제지하고 있는 듯한 감촉이었다. 온몸이 부들부들 떨리고, 나는 자신이 본능적으로 문밖 세계를 두려워하고 있다는 것을 알았다.

그리고 사람에 따라서는, 지금 이 문을 열고 싶어 할 수 있다는 것을 충분히 이해할 수 있었다. 미나오 역시 그랬으리란 것도. 많은 사람이 이 문을 열고 나간 채 돌아오지 못했으리란 것도.

……역시.

하고 나는 문에서 돌아서 소파에 다시 앉았다. 머리가 맑아졌다. 나무 바닥을 쾅쾅 굴러보기도 하고, 까끌까끌한 베이지 색 벽을 만져보기도 하고. 진짜 현실 같았다. 시골의 역무원 없는 역의 대합실처럼 부자연스럽고 압박감이 느껴지는 방이었다.

그때였다. 갑자기 문이 활짝 열리고, 몸을 뒤집듯 스르륵, 하루가 들어왔다.

너무 놀라, 말도 나오지 않았다.

하루의 어깨 너머로 아주 잠깐, 온통 회색이고 몰아치는 비바람 같은 소리가 윙윙 울리는 바깥 풍경이 보였다. 그 풍경이 하루가 이 방에 왔다는 것보다 몇 배나 무서웠다.

"오랜만이다."

하루는 그렇게 말하고 입술을 뾰족 내밀고 웃었다.

그 웃는 얼굴도, 이 방, 순식간에 이 방 밖의 끔찍한 회색에 빨려 들어가 버릴 것만 같아 두려웠다.

"다시 만나서 반가워."

나는 말했다. 말이 술술 나왔다.

"만나고 싶어 한다는 것을 알아서 다행이다. 나 실은, 너를 굉장히 좋아했었고, 그때 그날들, 독특한 긴장감이 있어서 아주 즐거웠어. 상대가 하루였으니까. 내게 너는 상당히 의미 있는 여자였어. 너와 같이 지내면서 나도 모르게 많은 것을 알았어. 하고 싶은 말이 많았는데, 다 하지 못해서 아쉬웠던 것 같아."

그 모든 말이 진심은 아니었다. 참회 같은 것이었다. 멀어져 가는 배를 향해 외치는 사랑 같은 것이었다.

그런데, 하루도 고개를 끄덕이며 여전히 가는 목과 검은 옷차림으로

"나도."

라고 말했다.

"저기 있지, 여기 좀 잠깐 볼래?"

하루가 일어섰다. 긴 머리칼이 살짝 내 손에 닿았다. 정말 살짝, 간지러웠다.

그런 느낌을 확인하고 있는데, 하루가 갑자기 문을 찰칵 열었다.

나는 긴장했다.

'상대방을 따라 문밖으로 나가서는 절대 안 된다.'

하루는 후후 웃으며 내 마음의 의심을 가볍게 받아넘겼다.

"바보, 그냥 보여만 주는 거야. 봐, 내가 고개를 내밀어볼 테니까, 알았지."

하루가 쑥, 하고 그 회색 세계로 고개를 내밀었다 그 순간, 아무 소리도 나지 않는데 머리칼이 휘날리며 뒤엉키기 시작했다. 하루는 위를 올려다본 채로 말했다.

"언젠가, 이렇게 비바람 부는 날에 너하고 둘이 방에 있었어. 꼭 이런 분위기. 나 지금, 이렇게 비바람 몰아치는 길을 눈을 꼭 감고 온 거야. 너를 만나기 위해서. 그 남자를 위해서는 절대 안 와. 엄청 힘든 일이거든,

여기까지 오는 거.”

“나도.”

나는 말했다.

“꼭 만나야 될 것 같았어.”

“내가 불러서 그런 거야. 한동안 네 주변에서 어슬렁거렸으니까.”

하루가 말했다.

하루는 내가 아는 하루보다 훨씬 어른스러워 보였다.

“왜?”

나는 물었다.

“모르겠어. 너하고 있을 때는 외롭지 않았으니까. 다른 때도 물론 외롭지는 않았지만, 너를 생각하면, 너하고 있을 때가 가장 외롭지 않았던 것 같아서. 비바람 불었던 그날 그때도 나, 너에게 키스하고 싶었던 것 같아.”

하루는 표정 없는 얼굴로 그렇게 말했다.

“고마워.”

나는 말했다. 못 견디게 슬펐다. 바람에 흩날리는 하루의 머리칼을 보면서, 그 무거운 바깥의 회색에 과거가 얼마나 멀어졌는지 문득 깨달았던 것이다. 죽음보다, 사람과 사람 사이의 메워지지 않는 거리보다.

“하루.”

나는 이름을 불렀다.

하루는 살짝 웃고는, 엉킨 머리칼을 가다듬고 자연스럽게 손잡이에 손을 대더니, 안녕, 이라 말하고는 내 손을 스치고 문밖으로 사라졌다. 나는 생각했다. 맞아, 그러고 보니까 둘이서 이런 식으로 얘기했던 일, 그때 한 번밖에 없었던 것 같아, 하고.

쾅, 하고 닫힌 문소리와 싸늘한 손의 감촉만 남았다.

"어서 와요."

다나카 씨가 큰 소리로 말했다.

나는 사방을 두리번거리고는, 내가 가게 안으로 돌아왔다는 것을 알았다.

"와, 이거 굉장한데요. 대체 무슨 트릭이죠?"

나는 말했다. 쑥스럽기도 했지만, 솔직히 감탄스러웠다.

"무슨 소리, 이건 진짜라고."

다나카 씨가 대뜸 말했디.

"이 친구는 나쁜 꿈을 먹는 맥*(貘)이라고 생각하면 돼."

"옳은 말씀."

------

* 곰같이 생겼으나, 코가 길고 다리가 짧은 야행성 포유 동물.

다나카 씨가 말했다.

"음, 그렇네요. 만나길 잘한 것 같아요. 지금 가슴속에서 나쁜 독이 다 빠져나간 듯한 느낌."

나는 말하고, 조금씩 현실로 돌아오는 마음과 몸을 확인했다. 마치 안개가 걷히듯, 시야와 호흡이 맑아졌다.

"신나게 운동하고 난 기분이지."

다나카 씨가 얼음물을 내 앞에 탁 내려놓으며 말했다.

"당신은 지금, 아주 먼 데를 다녀왔으니까."

그렇다, 그 비바람이 몰아치던 날.

초가을이었고, 태풍이 왔다.

그때 나와 하루의 사이는 수습할 수 없을 정도로 험악해서, 그 일주일 동안에는 내내 싸움만 했다. 연애도 거의 막을 내린 대책 없는 시기여서, 늘 짜증스럽고 불안했다. 남자 역시 집에는 얼씬도 않으면서 될 대로 되라는 기분으로 지냈다.

"천둥 번개가 엄청나다."

나는 말했다. 집에 가고 싶은데 갈 수는 없고, 하루하고 얘기나 하는 도리밖에 없어서 나도 모르게 말을 걸고 말았다. 그런데 하루가 뜻밖에도 순순히 대답했다.

"정말 싫다, 나 천둥 싫어해."

하루는 눈살을 찌푸렸다. 하루의 그런 표정은 너무도

에로틱하고 가련해서, 언제든 순간적으로 황홀한 느낌이 들곤 했다.

"후미, 나 좀 살려줘."

번쩍, 번개가 치자 곧 철판을 두드려대듯 격렬한 소리가 들렸다. 하루가 내게 그런 말을 하기는 처음이어서 어리둥절한 내가 하루를 쳐다보자, 그녀는 어린 소녀처럼 미소를 띠고 있었다. 나는 깨달았다. 하루도 알고 있었던 것이다. 이미 연애가 막바지에 다다라, 나와 하루가 다시 만나는 일은 없으리란 것을.

"또 친다."

내가 말하자, 하루는 다시 한 번

"정말 싫다니까."

라고 말하고는 창가를 떠나 내 등 뒤에 숨는 시늉을 했다.

비바람이 몰아치고 천둥 번개가 쳐 불안했던 탓도 있었으리라.

"하나도 안 무시운 주제에, 거짓말 좀 그만 해라."

어이없다는 듯이 말하며 돌아보자

"아니야, 정말 조금은 무섭다고."

라며 하루가 웃었다. 덩달아 나도 피식피식 웃고 말았다. 그러자 하루가 놀란 표정을 지으며 말했다.

"어머 어머, 우리 지금 살짝 마음이 통한 거 아니야?"

"응, 그랬는지도 모르지."

나는 고개를 끄덕거렸다.

방은 바깥세상으로부터 고립되어 있고, 멀리서 천둥을 거느린 번개가 몇 번이나 번쩍거렸다. 실내 공기는 짙게 굳어 있고, 숨을 죽이고 있는 것조차 그 완벽함을 거스르는 듯이 느껴졌다. 거기에는 어떤 유의 귀중함만이 소리 없이 빛나고 있었다. 이제 곧 끝난다. 말라비틀어져 사라진다. 모두가 뿔뿔이 흩어진다. 확신만이 맴돌았다.

"그 사람, 괜찮을까."

섬광이 비친 하루의 옆얼굴이 조그맣고 예뻤다.

"정말."

그래서, 지금은 가만히 내버려 두고 싶었다. 둘이서 조용히, 가만히.

"우산 갖고 있으려나."

"이렇게 쏟아지는데, 우산이 무슨 소용이야. 벼락이나 떨어지겠지."

"그 사람에게 어울려, 그렇게 죽는 거."

"빨리 돌아오면 좋겠다."

"그래."

나란히 벽에 기대어, 무릎을 껴안고 애기했다. 하루와 그렇게 애기를 나누기는 전무후무한 일이었다. 좍좍

내리는 빗소리가 끊임없이 사고를 방해했다. 다만, 내
내 이렇게 사이좋게 방에 있었던 듯한 기분이 들었다.
사이가 나쁜 것처럼 연기라도 한 듯한.

"소나기 쏟아지는 소리 같다."

"그래, 이렇게 내리는 비, 오랜만이다."

"어디 있을까."

"어디든 상관없으니까, 별일 없었으면 좋겠다."

"아무 일 없을 거야."

"그래, 그럴 거야."

하루는 그 가녀린 턱을 무릎에 올려놓은 채, 우아하
게 그리고 힘 있게 고개를 끄덕였다.

새벽녘에야 다나카 씨의 가게에서 나왔다. 걸으면서
나는 물었다.

"자기, 나 실제로 얼마 동안이나 의식을 잃고 있었
어?"

"두 시간 정도 되려나. 마시면서 기다렸더니, 그만
취해 버렸어."

사람 하나 없는 골목길에서 미나오의 목소리가 높게
울렸다.

"정말, 그렇게 오래?"

하루와 함께한 시간이 아주 짧았기 때문에 놀랐다.

그래도 기분은 개운했다. 달과 별이 몇 년 만에 보는가 싶을 정도로 밝고 깨끗하게 보였다. 걷는 걸음걸음이 기뻐서 자연스레 발걸음이 빨라졌다. 하루, 천사의 노래, 몸집 작은 영매, 하루…….

"그럼 됐지 뭐, 기분이 후련해졌으면."

불쑥 미나오가 그렇게 말하고 내 어깨를 껴안았다.

"지금은 아무 생각 마."

나는 잠자코 고개를 끄덕였다.

매일 밤, 취하도록 마셨던 것은 우연이었을까.

그때 하루가 늘 가까이에 있었던 것일까.

그 아름다운 노래는 하루가 나를 부르기 위한 것이었을까.

어젯밤, 나는 어디를 다녀온 것일까.

몸집 작은 그 남자는 대체 어떤 사람일까. 어떻게 그런 일이 가능한 것일까.

내가 본 것은 정말 죽은 하루였을까.

아니면, 내 마음이 혼자 연기한 연극?

이 모든 수수께끼를 뒤로하고, 상쾌한 밤바람이 지금의 내 마음을 어루만졌다.

"왠지 나 내일부터 주량이 줄 것 같아. 너무 티 내는 건가."

“아마, 그럴 때가 된 걸 거야.”

미나오 안에서는 모든 것이 ‘때’로 해결되는 것일까. 나도, 나와 함께 있다는 것도.

지나치게 친절하다는 것은 어쩌면 지나치게 냉철하다는 뜻이 아닐까.

앞일은 아무것도 알 수 없는데, 이 이상 사랑하면 내가 투명하게 없어지는 것은 아닐까.

새로이 시작되는 생활 속에서, 우리 둘 사이는 과연 어떻게 될 것인가?

그러나,

미나오의 웃는 얼굴은 역시, 마음에 직접 와 닿는 이 춥고 아름다운 밤을 꼭 닮았다는 생각이 들었다. 함께 지낸 이 밤은 물론 모든 것이 지나가고 사라지는 것이라 해도 어쩔 수는 없지만, 손안에서 소중하게 빛나는 듯이 여겨졌다. 그 무렵, 하루와 함께했을 때처럼.

그리고, 그 섬뜩하도록 아름다운 노랫소리도 이제는 들을 수 없으리란 것을 나는 알고 있었다. 그것만이 아쉬웠다.

그 안심, 그 달콤함, 그 애틋함, 그 부드러움. 좋았는데, 하면서 나는 불빛에 비친 마당의 초록 나무들을 볼 때마다 그 부드러운 선율의 끝 자락을 어슴푸레 떠올리고는, 좋은 향기라도 되듯 킁킁거리며 찾아다니리라.

그러다 더는 생각이 나지 않고, 그리고 마침내는 잊
으리라.
미나오의 팔에 어깨를 맡기고 걸으면서, 나는 그런
모든 것을 알았다.

무슨 일에든 덤을 원하는 나는 타인의 문고본에 후기가 실려 있으면 '와우' 신이 납니다. 그래서 내 문고본에도 아무튼 후기를 쓰려고 합니다. 쓸 거리는 없어도.

지금 같으면 이 작품집에 실린 소설들을 보다 절망적으로 쓰겠죠. 절망에 대해 보다 많은 것을 알게 되어서가 아니라 그 반대(희망이라고는 하지 않겠습니다.)에 대해 보다 많은 것을 알게 되었기 때문입니다. 인생의 휴식 시긴, 어둠의 시기에 눈에 비치는 모든 것은 마치 꿈을 꾸고서 그 부분만 유독 또렷하게 기억나는 인물이나 풍경처럼 색깔이 선명합니다.

불현듯 귀에 들리는 음악과,

밤에 창가를 찾아오는 친구들,

이미 이 세상에 없는 사람의 흔적,

밤 풍경을 부각시키는 도시의 어둠에 묻혀,

정원수를 바라보면서 홀로 술을 마시고,

깊은 잠에 빠져 모든 것에 눈뜨려 하지 않는 자신을 아는 것.

그런 때도 있고 그렇지 않은 때도 있지만, 다만 이 소설집에서는 그런 때 몽롱한 의식으로 사는 사람들의 강함과 약함을 그리고 싶었습니다. 구원해 드리고 싶었습니다.

이 소설집을 읽고 편지를 보내주신 무수한 잠자는 이들에게 이런 말을 전하는 것으로 끝을 맺겠습니다.

"그러니까, 언젠가 깨어나리란 것을 믿고, 지금은 푹 주무세요."

요시모토 바나나

살다 보면 때로는 의식이 스스로에게 단단히 자물쇠를 채우고 깊은 심연으로 침잠하는 일이 있습니다. 몸과 마음이 몹시 지쳤을 때나, 감당하기 어려운 격한 감정의 소용돌이에 휘말렸을 때, 의식은 삶의 에너지마저 고갈시키는 외부로부터의 모든 자극을 차단하여 산산이 부서질 위기를 비켜 갑니다.

의식이 활동을 멈춘 사람에게는 시간 역시 그 흐름을 멈추고 고여 있습니다.

하지만 동물들이 긴 겨울잠을 자면서 모진 겨울을 이기고 새로운 생명을 잉태하듯,

혹독한 겨울, 언 강물 아래로는 끊임없이 흐르는 물줄기가 있어 강의 생명이 유지되듯,

캄캄한 어둠 속에서도 의식은 지친 몸과 마음을 다독

이고, 뒤얽힌 감정의 타래를 하나하나 풀어내고 그것들을 소생의 에너지로 차곡차곡 쌓아, 언젠가는 빛의 수면으로 사람을 떠올려줍니다. 그리고 고여 있던 시간에도 건강한 일상의 흐름을 되찾아줍니다.

요시모토 바나나의 작품집 『하얀 강 밤배』는 이렇게 의식이 잠의 상태에 있는 사람들의 이야기입니다. 사랑하는 애인이나 친구의 죽음으로, 해결의 실마리가 없는 절박한 상황으로, 또는 죽은 이의 간절한 부름으로 몸과 마음이 죽음의 지경에 이른 사람들의 소생의 이야기입니다. 그들은 잠과 알코올의 중재를 통해 죽음과도 같은 단절의 시간을 겪지만 마침내 의식의 자정 작용을 거치면서 건강한 재기를 이루어냅니다.

그리하여 슬픈 상처로 얼룩졌던 일상은 다시금 숨쉬기 시작하고, 시간도 제 역할을 되찾아 어김없이 때를 새기고, 공허하고 병들었던 마음은 아물어 새살이 돋고, 오래고 무거운 짐에 허덕였던 두 어깨도 밤을 걷어낸 빛을 받아들여 한결 가벼워집니다. 봄을 맞아 겨울잠에서 깨어난 동물들이 새 기운으로 가득한 세상을 향해 기지개를 펴듯, 그들의 의식도 새 삶을 향해 한껏 가슴을 내미는 것입니다.

2005년의 시작에서 김난주

옮긴이 **김난주**

1987년 쇼와 여자대학에서 일본 근대문학 석사 학위를 취득했고, 이후 오오쓰마 여자대학과 도쿄 대학에서 일본 근대문학을 연구했다. 현재 대표적인 일본 문학 전문 번역가로 활동하며 다수의 일본 문학을 번역했다. 옮긴 책으로 요시모토 바나나의 『키친』, 『하드보일드 하드 럭』, 『하치의 마지막 연인』, 『암리타』, 『티티새』, 『불륜과 남미』, 『몸은 모든 것을 알고 있다』, 『허니문』, 『하얀 강 밤배』, 『슬픈 예감』, 『아르헨티나 할머니』, 『왕국』, 『해피 해피 스마일』, 『무지개』, 『데이지의 인생』, 『그녀에 대하여』 등과 『겐지 이야기』, 『모래의 여자』, 『가족 스케치』, 『훔치다 도망치다 타다』 등이 있다.

하얀강밤배

1판 1쇄 펴냄 2005년 1월 5일
1판 9쇄 펴냄 2009년 2월 9일
2판 1쇄 펴냄 2011년 3월 4일
2판 2쇄 펴냄 2017년 1월 25일

지은이 요시모토 바나나
옮긴이 김난주
발행인 박근섭, 박상준
펴낸곳 (주)민음사

출판등록 1966. 5. 19. 제16-490호
주소   서울특별시 강남구 도산대로1길 62(신사동)
              강남출판문화센터 5층 (우편번호 06027)
대표전화 515-2000 | 팩시밀리 515-2007
홈페이지 www.minumsa.com

ISBN 978-89-374-8060-7 (03830)